KB113135

敎訓

神文

慶陽

T淘

천마신교
낙양지부

천마신교 낙양지부 21

정보석 新무협 판타지 소설

초판 1쇄 찍은 날 § 2018년 1월 3일
초판 1쇄 펴낸 날 § 2018년 1월 10일

지은이 § 정보석
펴낸이 § 서경석

편집책임 § 이선근

펴낸곳 § 도서출판 청어람
등록번호 § 제387-1999-000006호
등록일자 § 1999. 5. 31
어람번호 § 제2-2764호

주소 § 경기도 부천시 부일로 483번길 40 서경B/D 3F (우) 14640
전화 § 032-656-4452 팩스 § 032-656-4453
http://www.chungeoram.com
E-mail § chungeorambook@daum.net

ISBN 979-11-316-91904-6 04810
ISBN 979-11-316-91369-3 (세트)

21

천미신교 낙양지부

정보석 新무협 판타지 소설

FANTASTIC ORIENTAL HEROES

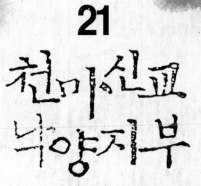

도서출판 청어람

藝
神文
慶陽
又淘

천미신교
낙양지부

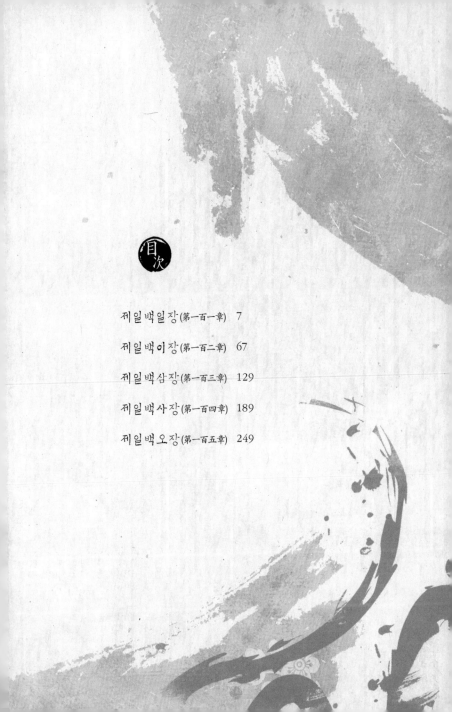

目次

제일백일장(第一百一章)

흑설의 목소리다.

그 목소리엔 색기가 가득해 마치 귓가에서 바람을 불어 넣으며 이야기하는 것 같았다.

피월려는 힘없는 웃음을 지으며 말했다.

"잘 지냈어?"

흑설은 자리에서 일어나 걸어오면서 말했다.

"고리타분한 소리에 방해받기 전까지는 그럭저럭 괜찮았어요. 근데 스승님은요?"

시록쇠가 보따리에서 주먹밥을 꺼내 내밀며 말했다.

"노부가 오지 말라 했다. 귀찮은 놈을 데리고 다니기 싫어서."

"흐음… 그래요?"

흑설은 시록쇠가 내민 주먹밥을 쳐다보지도 않고 스스로 음식을 꺼내 먹었다. 시록쇠는 민망하게 스스로 그 주먹밥을 먹어야 했다.

그녀는 입을 오물오물거리면서 피월려를 흘겨보았다. 피월려의 얼굴은 분명 그녀를 향하고 있었지만, 그는 여전히 눈을 감고 있었다.

흑설이 말했다.

"눈은 왜 그래요?"

피월려가 담담하게 말했다.

"안구를 잃어 시력을 상실했어."

"흐음? 그래요? 무공은커녕 제대로 걷지도 못하겠네. 이거 은근히 맛있는데요?"

흑설은 감정이 없는 목소리로 그렇게 말한 후, 주먹밥 하나를 더 먹었다.

피월려가 말했다.

"내가 듣기론 내가 너와 혼인했다고 했는데, 그게 사실이야?"

흑설은 시록쇠의 손에서 그가 반쯤 먹은 주먹밥을 집어서 피월려에게 다가왔다. 그러곤 피월려의 입에 조심스레 가져갔다.

주먹밥이 입술에 닿자 피월려는 그 주먹밥을 야금야금 먹었고, 그 모습을 보며 흑설이 깊디깊은 미소를 지었다.

그녀는 피월려의 질문에 대답하는 대신 웃음을 흘렸다.

"히히히."

"……."

"진짜 제대로 망가지셨네, 낭군님?"

그녀의 몸에서 풍겨지는 숨 막힐 듯한 색기는 진설린의 그 것과도 비교할 법했다. 이젠 감정이랄 것도 남아 있지 않은 피월려가 눈으로 보지도 않고 그 목소리만 듣는데도 욕정이 꿈틀거리는 것을 느꼈다.

그것은 욕정을 불러일으키는 수준을 넘어서 만들어내는 수준이었다.

피월려가 말했다.

"그냥 전처럼 아저씨라고 하지?"

"왜요? 부끄러워요?"

"무슨 색공을 익힌 거지?"

"글쎄요. 뭔 거 같은데요, 낭군님?"

"……."

흑설은 흥미롭다는 듯 시종일관 웃음을 얼굴에 그리며 피월려를 조목조목 살펴보았다.

시록쇠가 대신 대답했다.

"주령모귀마공(朱靈眸鬼魔功)이라 한다."

"평범한 색공은 아닌 것 같습니다."

"색공인데 동시에 처녀공이니 그렇지."

처녀공은 혈적현이 익힌 동자공과 유사한 것으로, 남자와 한 번도 동침하지 않은 여인의 순음지기를 이용하는 내공이다. 그것은 성취가 빠르면서도 순수함을 잃지 않는 이점을 가지고 있으나, 동자공처럼 이성과 동침을 하면 모든 내력과 성취를 잃어버린다.

피월려가 물었다.

"처녀공인데 어떻게 색공입니까?"

시록쇠는 주먹밥 하나를 꺼내 들며 말했다.

"그래서 마공이야. 익히다 보면 본인 스스로가 성욕을 이기지 못하고 결국 남자와 동침하여 내공을 잃게 되는 참으로 모순적인 마공이지. 하지만 역혈지체를 통해 마를 제어하고 천살지체를 통해 욕에서 자유로우면 그 성욕을 다스릴 수 있어. 또한 이 음한지동을 이용하여 순수한 음기를 기반으로 익히게 되면 10성까지 고작 몇 년이면 이를 수 있고, 천마까지도 자연스레 올라설 게야."

피월려는 믿을 수 없었다.

"실전을 치르지 않고도 말입니까?"

"마공이지만, 정공만큼이나 순수한 것이야. 그 무학 자체는 정공의 그것만큼이나 현묘해. 마공이라고 불린 이유도 그 모순성 하나 때문인데, 그것에 구애받지 않는다면, 역시 정공 그 자체라고 봐도 무방하지. 게다가 무학을 착착 깨달아가는 그 오성은 설이 본연의 것이다. 내력을 쌓는 속도가 빠른 건 처녀공이니 음한지동이니 하는 조건들을 주렁주렁 달고 있어서 그렇고. 즉, 오성이 극도로 뛰어난 아이가 내력도 빠르게 쌓으면서 정공을 익히고 있는 꼴."

"……."

"마의 입신이 있다면 저 아이를 통해서 이뤄질 수 있을 거다. 그만큼 천운을 타고났어."

"그래서 천살가의 미래라고 다들 말씀하시는군요."

"여자가 천살성이기도 어려워. 어린애가 천살성이기도 어려워. 거기에 덧붙여서 저런 오성을 타고나기도 어려워. 뭐, 세상엔 고금을 통틀어 한 명 있을까 말까 한 그런 자들이 가끔 있게 마련이지. 그저 그 인물이 네 눈앞에 있는 것뿐이야. 그런 관점에서 보면 그런 인물과 인연이 닿아 있는 너도 천운을 타고난 거다."

"……."

"흐흐흐. 잘 성장하고 있구나. 간만에 설이를 보았으니, 나는 됐다. 명상하고 있을 테니 둘의 이야기가 끝나면 나를 깨워라."

시록쇠는 그대로 앉아서 가부좌를 틀었다.

흑설은 그런 그를 내려다보더니, 피월려의 팔을 붙잡고 일으켜 세웠다.

"저쪽으로 가요."

무작정 그를 이끌고 시록쇠의 등 쪽으로 움직인 흑설이 혐오스럽다는 눈빛으로 시록쇠를 보며 피월려에게 전음했다.

[저 노친네는 내 이야기를 엿듣고 싶어서 저런 거예요. 그러니 전음으로 할게요.]

"하하하. 그래? 미안하게도 나는 할 수 없다?"

[됐어요. 나만 하죠, 뭐. 으으으. 진짜 싫어. 다 늙어서 왜 저래, 진짜.]

"……"

피월려는 그것이 자기에게도 해당되는 말인지 아닌지 조금 고민했다.

흑설은 그런 피월려의 속내도 모르고, 그를 한쪽에 앉혔다. 그러면서 그 팔짱은 놓아주지 않고 같이 옆에 자리했다.

흑설이 밝은 얼굴로 물었다.

[그럼 낭군님은 어떻게 지냈어요? 이야기나 해줘봐요.]

"그냥 아저씨라고 하라니까."

[참 나. 그건 낭군님이 내 모습을 못 봐서 하는 소리에요. 나를 볼 수 있었으면 한눈에 반해서 낭군님이라 불러주는 거에 감지덕지할걸요? 게다가 육신도 늙어 성욕까지 말라서 더 그래.]

"……."

[뭐, 알겠어요. 그럼 월 랑은 어때요?]

"그건……."

[히히히. 아직도 린 언니한테 미련이 남았나 보네?]

"혹 이야기를 들었니?"

[아뇨. 이제 해주셔야죠. 얼른 해봐요.]

그렇게 말한 흑설은 보따리를 가지고 왔다. 그러면서 그 안의 음식을 나누어 먹으며 피월려의 이야기를 들었다.

피월려의 이야기는 끝이 날 줄 모르고 계속됐다.

그렇게 꽤 오랜 시간 피월려의 이야기를 들은 흑설이 손가락을 빨며 말했다.

[쩝쩝. 아직 배고픈데. 저 노친네가 몇 개 훔쳐 먹어서 그래.]

"그나저나 엄청 먹는구나."

그녀가 먹어치운 주먹밥의 양은 성인 남성이 먹을 분량을 한참 넘어갔다.

흑설은 입맛을 다시면서 말했다.

[마공 때문에 음식을 거의 입에 대진 않아요. 그냥 한번 먹을 때 많이 먹지. 저번 끼니를 굶은 것도 있고. 월 랑은 너무 못 먹었어.]

피월려는 월 랑이란 목소리를 들을 때마다 흑설의 목소리와 진설린의 목소리가 겹쳐 들리는 것 같았다. 하지만 그녀 생각이 들어도 마음이 아리지 않았다. 용안심공도 없는데 그렇다는 건, 그녀에 대한 감정을 단순히 마음에 묻은 것이 아니라 정말로 잊은 것이다.

그러나 그렇다고 그것이 유쾌한 건 아니다.

"꼭 월 랑이라 해야 해?"

[린 언니가 있던 자리에 내가 들어가기 위해서라도 그러고 싶은걸요.]

"날 사랑하는 것도 아니면서?"

[당연히 사랑해요. 혼인했잖아요.]

피월려는 묻지 않을 수 없었다.

"사람은 사랑하기에 혼인하지, 혼인했기에 사랑하진 않아."

흑설은 피월려를 올려다보며 그의 귓가에 속삭였다.

[아뇨. 틀렸어요. 여자에 대해서 아는 척하지 마요.]

"……"

[월 랑을 보는 순간 느꼈어요. 월 랑만큼 내 낭군이 되기에 적합한 사람은 없어. 너무 예쁘게 망가져서 너무 좋아.]

지금 말하는 여인이 흑설인가?

아니면 진설린인가?

피월려는 혼란스러웠다.

목소리만 제외한다면, 진설린이 이야기한다고 해도 믿을 수 있을 것 같았다.

흑설은 일 년 이상의 시간을 이 동굴에 갇혀 색공만 익혔다.

그런 그녀가 머릿속으로 누구를 그리며 색공을 익혔을까?

그녀가 아는 가장 아름다운 사람을 그리지 않았을까?

피월려가 물었다.

"은장도. 가지고 있니?"

전음은 한동안 없었다.

피월려가 말을 이었다.

"예화를 잊었어?"

[잊지 않았어요.]

"은장도는?"

[호수 밑바닥 어디 있겠죠.]

"왜 버렸는데?"

역시 전음이 없었다.

피월려가 말했다.

"내가 생각할 때 내가 만난 여인 중 가장 아름다웠던 여자가 누군지 알아?"

[린 언니잖아요.]

"아니야."

[그럼요? 아까 말한 제갈미요?]

"아니. 제갈미도 아니야."

[그럼 누군데요?]

"예화."

[거짓말.]

"거짓말?"

[거짓말 말아요.]

"그래? 내 마음을 봐봐. 정말 거짓말이야?"

천살성은 거짓을 간파한다.

흑설은 풀이 죽은 목소리로 전음했다.

[예화라니… 그런… 인정할 수 없어요.]

피월려는 밀려드는 한기에 온주피를 꽉 잡으며 한숨을 내쉬었다.

그러곤 나지막한 목소리로 말했다.

"강호를 떠돌며 많은 여인을 만났지. 하지만 예화만큼 아름다운 여인은 없었어. 나와 그리 가깝지 않았지만… 지금 현재, 이 늙은 몸과 늙은 마음이 생각하는 가장 아름다운 여인은 바로 예화야."

[왜죠?]

이유는 피월려도 몰랐다.

외견은 천상의 그것이나 심성은 하도 이상한 여자들만 만나다 보니, 그나마 정상에 가까웠던 예화가 진정으로 아름다웠다 생각하는지도 모르겠다.

아니다.

이유가 있다.

피월려가 고개를 들어 위를 향하며 말을 흘렸다.

"아마 내 어머니와 가장 닮아서 그런가 싶다."

[그게 뭐야.]

"이런저런 깨달음을 얻다 보니, 마음도 몸처럼 같이 늙었어. 심공도 마공도 없는 지금 나는 그저 한낱 노인네의 불가하지. 그런 한낱 노인네의 회상으론 예화가 가장 아름답다."

[이해할 수 없어요. 그동안 예화 언니보다 훨씬 더 아름다운 여자들을 만났잖아요?]

"만났지."

[그런데도 예화가 가장 아름답다구요? 사랑을 나누던 사이도 아니면서.]

"그저 아름다움을 이야기하는 것뿐이야. 그녀야말로 너무나 그리운 어머니에 가장 가까운 여자였지."

흑설은 피월려를 물끄러미 보더니 물었다.

[아름답다는 말이 무슨 뜻인 줄은 알죠?]

피월려는 웃었다.

"하하하. 알지. 알고말고."

[진짜 무슨 생각을 하는지 모르겠네. 그럼 다른 여자들은 아름답지 않았나요?]

"각자의 아름다움이 있었어. 너무나도 아름다웠지, 다들. 그들 중 누구라도 아내로 맞이해 살았다면 분명 행복한 여생을 보냈을 거라고 확신해. 하지만 나는 그걸로 만족하지 못하겠지. 나는 희한하게도 평생 여인을 쫓을 생각을 하지 않았어. 여인에게 정을 느껴도 그것을 죽이고 묵묵히 무의 길을 걸었지."

[그래서 다들 다가가지 못했을 거예요. 어차피 안 될 거라는 걸 아니까. 표현조차 못 했겠죠. 월 랑 옆에 서는 방법은 월 랑과 같은 길을 걷는 수밖에 없어.]

"응?"

[내가 다 되면 되겠네.]

"뭐가?"

[예화도 되고 진설린도 되고 제갈미도 되고, 내가 다 되면 되겠어. 그럼 되잖아요? 내가 그런 절대미(絶對美)에 도달하면 나 혼자로 만족할 수 있을 거예요.]

"……"

[예화와 린 언니는 그렇다 치고, 제갈미는 뭐가 좋았어요? 뭐가 좋았기에, 눈알까지 뽑았어?]

따지는 듯한 흑설의 말에 피월려가 소리 없이 웃음을 흘리곤 말했다.

"그보다는 용안심공에 신물이 난 거야. 그런 식으로 내 기억과 감정을 죽이는 용안심공이 지겹고 역겨워서 도저히 견딜 수 없었지. 슬픔도 그리움도 느끼지 못하게 기억을 희미하게 만들고 말이야. 두 눈을 잃었고, 무공도 잃었지만… 눈을 뽑은 걸 후회하진 않아."

[하지만 그래도 눈을 뽑을 정도로 영향을 받은 건 사실이잖아요. 그럼 사랑까진 아니어도 좋아하긴 한 거죠. 뭐가 좋았냐고요?]

피월려는 즉시 대답할 수 있었다.

"제갈미는… 그 최악의 상황에서도 항상 밝았지. 똑똑했고."

흑설은 입술을 한쪽으로 비틀더니 대답했다.

[흐음. 알겠어요. 그건 별로 어렵지 않겠어.]

"그렇게 안 해도 괜찮……."

[주하는요? 주하는 뭐가 좋았어요?]

"……."

[빨리 말해요. 지금 내가 무공 더 센 거 알죠? 상명하복(上

命下服) 몰라요? 뭐가 좋았냐고요?]

혹설의 투정에 피월려는 솔직하게 털어놓았다.

"겉으론 차가우면서 내면은 따뜻한 게 좋았지."

[그럼 황궁제일미는요?]

"아… 그건……."

[잠자리네. 딱 봐도.]

"……."

[듣기 민망하면 퇴폐미(頹廢美)라고 해줄게요.]

이번에는 이상하게 전혀 할 말을 찾지 못했다.

혹설이 말을 이었다.

[다음은 누구 있지? 아, 그 린 언니 동생? 그 여자는요?]

"그… 기품 있으면서도… 설아. 그만하자."

[기품? 흠. 좋아요. 그건 좀 걸리겠지만, 충분히 극복할 수 있어요.]

"……."

[또 말해봐요. 누구 있어요?]

"더 없어."

[진짜 없어요? 있을 것 같은데.]

"글쎄. 기억나지 않는… 아."

[어? 또 생각났다? 누군데요?]

피월려는 허탈하게 털어놓았다.

"류서하……."

[아, 그 살아남으려고 몸으로 꼬신 여자?]

"……."

[대단하네. 진짜. 그렇게 처녀 인생을 망쳐놓곤 막 노력하고 그래야 겨우 생각이 날 정도로 관심이 없나? 그 정도로 쓰레기일 줄이야.]

"……."

[역시 너무 마음에 들어!]

쪽.

흑설은 피월려의 볼에 입을 맞췄다.

피월려는 생명 활동이 정지한 듯 미동도 하지 못했다.

"뭐가 마음에 든다는 거냐?"

[정말 살기 위해선 뭐든 하는 그 집념이요.]

"……."

[그토록 무에 집착하는 것도 살아남기 위함 아니에요?]

"최근에 그 생각을 했었다. 아직 답을 내진 못했어."

[흐음. 그런가요? 제가 볼 땐, 그런 거 같은데.]

"얼마나 봤다고."

[그럼 앞으로 많이 봐요.]

"그래."

흑설은 갑자기 피월려의 흰 머리카락 한 뭉텅이를 뽑았다.

기를 이용하여 중간에서 잘라냈기에 고통은 없었다.

[이거라도 간직해야겠어요.]

"……."

흑설은 자리에서 일어나며 말했다.

"이제 돌아가요. 나도 수련해야 하니까. 오랜만에 봐서 좋았어요."

피월려는 물었다.

"흑설아."

"네?"

"이유가 뭐니?"

"……."

"아니다. 말하기 싫으면……."

피월려는 말끝을 흐렸다.

흑설은 차마 피월려를 돌아보지 못했다.

"주령모귀마공의 주령(朱靈)은 바라보는 대상이에요. 그 대상으로 선택할 사람이 월려 아저씨밖에 없었고, 없고, 또 없을걸요, 나는."

피월려는 더 설명을 듣고 싶었지만, 흑설은 그대로 말을 마치고 그에게서 멀어져 시록쇠에게 갔다.

그녀의 거친 발걸음은 더 이상 말을 걸지 말라 말하고 있었다.

　　　　　*　　　　　*　　　　　*

　이후 주소군의 저택으로 돌아온 피월려는 그를 기다리고 있던 기시혼을 만났다. 내원에서 불길을 바라보고 있던 기시혼은 피월려를 보자, 큼지막한 호리병 하나를 흔들어 보이며 말했다.

　"피 형. 어서 오시오. 해가 저물어야 볼 수 있을 줄 알았소."

　피월려는 호리병을 볼 순 없었지만, 그 안에서 찰랑이는 소리에 그것이 술인 것을 눈치챘다.

　"술을 가져오셨소? 하하하."

　"오늘은 나와 꼭 마셔야 하오."

　피월려를 부축하던 주소군은 그를 기시혼의 앞에까지 데려다주고는 피월려에게 물었다.

　"흑설이는 잘 보셨어요?"

　피월려가 대답했다.

　"꽤 오랫동안 이야기를 주고받은 듯하오. 설마 해가 질 정도로 대화한 줄은 몰랐소."

　주소군이 걸음을 옮기며 말했다.

　"식사하죠. 기 형도 식사하셔야죠?"

　"아, 돕겠소."

기시혼이 자리에서 일어나려 하자 주소군이 그의 어깨를 살포시 누르며 말했다.

"손님이니 계세요. 어차피 야채무침이 다니까."

주소군은 주방으로 들어갔고, 피월려가 늦은 인사를 했다.

"기 형은 잘 지냈소? 시록쇠 형주님이 집 앞까지 동행해 주셨는데, 기 형이 안에 계신 줄 알았다면, 같이 들어올걸 그랬소."

기시혼은 자기 술잔에 술을 따르며 살짝 웃었다.

"집 밖에서 주 형을 부를 때 시 형주님의 목소리를 듣고 일부러 없는 척했소. 시 형주님도 아마 내 기척을 파악하셨지만 딱히 볼일이 없어 그냥 가신 것일 것이오. 마음 쓰실 것 없소."

"하하하. 그렇소?"

"사실 오늘은 피 형과 친해지고자 술판을 벌이려 했는데, 이거 일이 생겨서 안 될 것 같소."

"무슨 일이오?"

기시혼은 애써 심각해진 표정을 풀며 가볍게 말했다.

"내가 천살가에서 맡고 있는 일이 뭐가 있겠소? 흑백대전의 책사 노릇이오. 그러니 그 일밖에 더 있겠소? 한 잔 받으시오."

피월려는 술잔을 들어 술을 받았다. 그것을 보며 기시혼이 말을 이었다.

"힘이 좀 회복된 것 같소?"

피월려가 대답했다.

"대작(對酌)은 가능할 것 같아 다행이오. 가주님께서 직접 보선에 숨어드는 역할을 하시려는 것 같았소만, 맞소?"

기시혼은 고개를 끄덕이며 술잔을 들었다.

"맞소. 건배."

피월려는 말없이 술잔을 들었고, 기시혼도 술잔을 들었다. 둘은 함께 술을 마셨다.

피월려가 물었다.

"한데 무슨 일이 벌어진 것이오?"

기시혼은 얼굴을 찡그렸다.

"크으… 독하군. 어떤 심각한 일이 벌어진 건 아니오. 다만 가주께서 직접 일에 나선 만큼, 서서히 전쟁의 양상이 만들어지기에 모든 결정을 내리기에 앞서 피 형의 조언을 구하고자 하오."

"내 조언을?"

기시혼은 독한 주향(酒香)에 찡한 코를 매만지며 말했다.

"흐. 본 교에는 워낙 괴물들이 많아서 내 마공으론 떵떵거리긴 부족하나, 머리로는 사실 누구보다 자부심이 있는 사람이오. 그런 내가 진정으로 인정하는 사람은 형님밖에 없었소.

하지만 어제 잠자리에 들면서 깊게 생각하니 한 사람이 늘게 되었소. 처음에는 그 사실이 마음에 들지 않았지만, 내가 인정해 버렸다는 걸 인정하지 않을 수 없더군."

"……"

"그래서 본격적으로 일에 대해서 상의하러 온 것이오. 어떤 질문에도 내가 아는 대로 모두 이야기할 터이니 혹 이번 흑백대전에 궁금한 것이 있으면 거리낌 없이 물으시오. 일단 같은 선상에 서야 논의가 되지 않겠소?"

피월려는 이제야 전에 그를 시험하던 기시혼의 태도가 이해 갔다. 피월려를 이렇게도 저렇게도 떠보면서 그의 지혜와 심계를 판단하여 모든 것을 함께할지, 아니면 숨길지 판단하고 있었던 것이다.

까칠스럽다면 까칠스럽고 신중하다면 신중하지만, 한번 결정을 내린 이상 화끈하게 선언해 버리는 성격을 보면 마음이 좁다고만 할 수는 없는 남자다.

피월려가 물었다.

"천포상단과 연락은 되었소? 그쪽 상황은 어떻소?"

"계속하고 있소. 서찰보다 가주님께서 더 빨리 도착하실 테니, 당황하겠지만 그런대로 잘 진행될 것이오."

"호강채(湖江寨)쪽은 어떻소? 파양채주와의 일이 잘 마무리 되었다고 해서 호강채가 우리와 협조하지 않을 수 있소."

기시혼의 얼굴이 어두워졌다.

"후. 역시 그것이 문제이오. 호강채는 파양채처럼 완전히 천살가의 세력권 내에서 활동하지도 않아 우리의 눈치를 살피지 않소. 살핀다면 같은 장강수로채인 파양채에 해가 돼서 그런 것이지, 엄연히 직접적인 피해는 없으니 말이오. 내 생각으론 그들도 한번 피 형이 직접 만나보는 것이 좋을 것 같은데, 피 형 생각은 어떻소?"

피월려는 머리를 작게 흔들었다.

"그때는 운이 작용한 면도 컸소. 두 번이나 성공하리라고는 생각하기 어렵소."

"……."

기시혼은 말없이 고요한 눈빛으로 피월려를 보며 생각했다.

그 상황에서 갑자기 백도의 후기지수가 나타난 건 대부분의 사람에게 행운이 아니라 위기로 작용할 것이다. 하지만 그 순간에 그런 기지를 발휘해서 행운으로 바꾼 건 엄연히 피월려의 실력.

기시혼이 말이 없자, 피월려가 말을 이었다.

"그럼 호강채를 생각할 것도 없이, 남궁세가에서 호강채가 아닌 파양채의 물길을 이용하게끔 유도하면 되오."

"그걸 어떻게 한단 말이오?"

"어렵지 않소. 이미 파양채에서 파양호의 물길을 잘 아는 사공들을 파견했소. 그 다섯 사공들이 호강채의 영역이 아닌 파양채의 영역 쪽으로 보선을 움직이게 만들면 되는 것이오."

"지금까지 도와준 것만으로도 파양채에선 부담으로 생각하오. 그것까지 도와주겠소?"

"그들을 완전히 우리 쪽으로 끌어들여야만 그만큼 천살가에 피해가 없이 남궁세가를 섬멸(殲滅)할 수 있을 것이오. 독물들이 득실대는 보선을 포위하고 물 위에서 그들을 사냥한다면, 이후 추격전에 힘을 빼앗길 것도 없이 바로 강서성의 모든 문파에 패권을 휘두르면 되오."

"아, 물 위에서 말이오?"

기시혼은 금시초문이라는 듯 되물었다.

뭔가 이상하다는 생각에 피월려가 다시 물었다.

"그게 작전 아니었소?"

기시혼은 고개를 살짝 흔들었다.

"흠. 나는 장강수로채에서 그 정도의 협력을 끌어낼 수 없다고 판단했소. 때문에 남궁세가를 물 위에서 포위하는 건 현실성이 없다고 봤소. 배 안에서 독물을 풀어 그들에게 막대한 피해를 입히는 정도만 생각했을 뿐이오. 섬멸까지는……"

피월려가 말을 잘랐다.

"그렇게 하면 천살가의 위상을 높일 순 없을 것이오. 배 안에서 독물이 풀어졌다는 사실은 숨겨야 하오. 최대한 천살가가 순수한 무력으로 그들을 모조리 수장시켰다는 식의 소문이 나야지만, 이후 명령을 내리기도 전에 모두 고개를 숙이고 너 나 할 것 없이 먼저 무림맹 제삼군과 싸워 공을 세우려 할 것이오."

"흐음… 그럼 내가 실수한 것이군."

"실수? 전혀 그렇지 않소. 천포상단에 위탁한 보선에 독물을 담는 그 기지는……."

기시흔이 말을 끊었다.

"그게 아니라, 더 이상은 파양채와 볼일이 없다고 생각하고 그쪽과의 내선(內線)을 모두 끊었소."

"내선을?"

기시흔은 잠시 주방 쪽을 보았다. 주방에선 주소군이 밥상을 가지고 오는지, 달그락거리는 소리가 미세하게 흘러나왔다. 기시흔이 다시 고개를 돌려 피월려를 보며 전음으로 말했다.

[최근 천살가는 마조대에 숨어든 혈교인들을 통해 정보를 받았소. 지금까진 문제가 없었지만, 가주께선 어떤 이유에서인지 그들과 서서히 거리를 두고 계시오. 혈교 내부를 청소해야 한다고만 말씀하셨는데, 하여간 그것 때문에 넓게 퍼져 있는 내선 중 정말 필수적인 곳을 제외하곤 모두 철수하고 있는 실정이오.]

한마디로 말하면 박소을의 귀까지 들어가는 것이 문제라는 것이다.

이제 천살가는 박소을과 서서히 거리를 두고 있으니, 혈교를 새롭게 하여 박소을의 세력을 완전히 배제시키려는 것이다.

피월려는 기시혼이 가주로부터 어디까지 들었는지 몰랐기 때문에 어디까지 이야기할 수 있는지도 잘 알 수 없었다.

천살가는 한 가문이라고 하면서도 극도로 점조직적인 구조를 가지고 있다. 천살성 본연의 그 속성이 단순히 금제를 받았다고 해서 사라질 순 없는 것이다.

피월려가 말했다.

"그럼 파양채에 말을 전할 방법이 전무하오?"

기시혼이 잠시 고민하곤 대답했다.

"천포상단은 우리와 직접적인 거래 대상이라 언제든 연락을 취할 수 있소. 그러니 천포상단을 통해서 파양채에 우리 입장을 전할 수도 있을 것이오. 하지만 그렇게 되면 다른 이의 손을 거치는 것이니 역시 신용과 정확도가 낮소. 그런 불확실한 연락을 믿고 남궁세가의 배를 포위하는 수준의 직접적인 행동을 그들이 하겠소?"

피월려는 고개를 저었다.

"아까도 말했지만 또 한 번 방문하는 건 좋지 못하다고 생각되오. 그 정도의 운이 따라주기를 희망하고 계획을 짜선 안

되지."

"그럼 어떻게 하는 것이 좋겠소?"

"가주께 부탁드리는 것이 좋을 것 같소."

기시혼이 황당하다는 표정을 지었다.

"가주님에게?"

"가주님만큼 확실한 신용은 없소. 게다가 가주님은 이미 출타 중이시오. 그러니 가주님께서 친히 파양채와 논의한다면 충분히 내가 말한 대로 일을 성사시키실 수 있을 거라 믿소."

기시혼은 말도 안 된다는 감정과 말이 된다는 생각을 동시에 느껴 무슨 말을 해야 할지 몰랐다. 천살가의 가주께 어떻게 그런 일까지 '시킬 수 있는지' 상상이 안 가면서도 가주께서 하기만 한다면 충분히 일이 성사될 것 같았다.

"가, 가주님께서 직접 말이오? 그건……."

기시혼의 얼굴이 좋질 못하자 피월려가 확고한 어투로 말했다.

"기 형에겐 가주께서 너무나 큰 존재이기에, 이 생각을 못한 것 같소."

"아, 아무래도……."

피월려는 손을 뻗어 황당해하는 기시혼의 무릎에 올려놓았다.

"가주께서는 배 안에서 뱀을 푸는 역할에 자신이 가장 적합하다는 걸 인지하자마자 스스로 움직이셨소. 체면보다는 실용성을 택하는… 그런 성정을 지니신 분이오. 그러니 이번에도 잘 부탁드리면 흔쾌히 해주실 거라 믿소."

"……."

"말이 없는 걸 보니, 아니다 싶소?"

기시혼은 고개를 흔들었다.

"그런 게 아니라, 가주께 그런 일을 부탁드리는 것 자체가 너무 불경스러운 것 같아 그렇소. 하지만 피 형의 말대로 분명 그 일은 성사될 것이오."

"그러면 조심스레 부탁해 보시오."

"후우… 첫말조차 어떻게 꺼내야 할지 상상이 안 가는군."

기시혼은 그렇게 말하며 술병 채 술을 들이켰다. 독한 기운에 몸을 떨다가, 자기 실수를 깨닫고 피월려의 술잔에도 술을 따랐다.

"아. 미안하오. 내 갑자기 속이 갑갑해져서 그렇소. 한 잔 받으시오."

그가 술을 다 따를 쯤, 주소군이 밥상을 들고 나타났다.

그는 그들 앞에 밥상을 놓았는데, 피월려의 앞에는 돌돌 말린 작은 주먹밥이 있었다

"피 형은 식사를 거의 하지 않는다고 하던데 맞나요?"

"몸 때문이오. 무엇을 먹고 마셔도 거의 의미가 없소."

"흐음……."

피월려는 주소군이 말은 안 했지만 궁금해하는 것이 무엇인지 눈치채고 농담을 했다.

"가끔씩 일은 보오."

"풉. 콜록. 콜록."

기시혼이 밥알을 앞으로 뱉으며 기침했다.

주소군은 깊은 미소를 지으며 기시혼에게 말했다.

"먼저 식사부터 끝내고 이야기나 나누죠."

이후, 남자 셋은 내원 중앙에서 타오르는 불길을 바라보며 저녁 식사를 했다.

서로 어색한 분위기가 오가 누구 하나 먼저 말을 꺼내지 않았다.

처음 무거운 입을 연 건 주소군이었다.

"가주님을 직접 뵙고 말씀드리려 했는데, 출타 중이니 기형에게 물어봐도 될까요?"

기시혼이 되물었다.

"무엇을 말이오?"

주소군은 젓가락으로 그릇을 몇 번 툭툭 치며 뜸을 들였다가 이내 속내를 털어놓았다.

"제가 천살가에 계속 머무를 수 있을지 말이에요. 본격적으로 전쟁에 돌입하면, 천살가의 사람이 아닌 이상 제가 계속 있는 것이 불편하지 않으실까 해요."

기시혼이 주소군을 돌아봤다.

주소군은 노을로 아름답게 칠해진 하늘을 올려다보고 있었다.

그는 떠나기를 원하는 것 같지 않았다.

기시혼이 시선을 거두며 툭하니 말했다.

"이번 싸움에서 흑설이 출전할 일은 없을 것이오. 그리고 암령가와 우리 사이에 딱히 껄끄러운 것도 없으니 여기서 계속 지내면서 흑설이를 가르치셔도 괜찮소. 다만, 본 가의 일을 밖으로 떠벌리지 마시오. 그랬다간, 가법에 의해 죽음을 면치 못할 것이오. 고문이 따라오는 건 덤이오."

"알아요."

"아니, 모르시오. 만약 그렇게 된다면 암령가 가주가 가만히 있지 않겠지. 양가에 피바람이 분다면 천살가에서도 암령가에서도 피해가 막심해질 것이고, 주 형이 사랑하는 가족도 많이 죽고 다칠 것이오. 그런 사태를 피하는 길은 교주가 화합을 명하는 것인데, 시화마제께선 두 가문의 가쟁을 즐거워하셨으면 하셨지 막으시진 않을 것 같소. 즉 주 형이 행동을 잘하시오."

"협박인가요?

"천살성의 말은 원래 뭐든지 협박처럼 들리곤 하오. 이제는 알 때도 되지 않았소?"

"……"

"식사는 고마웠소. 근래 들어 먹은 식사 중 가장 맛있었군."

"다행이네요."

"참고로 내 말은 원 단주에게도 해당되는 말이오. 천살가를 시험하지 마시오."

피월려의 귀에는 이후 아무런 말이 들리지 않았다.

원설이 그 말을 완전히 무시했거나, 아니면 전음으로 기시흔에게 말한 것일 것이다.

싸늘해진 분위기를 풀기 위해서 피월려가 말했다.

"기 형. 내가 전부터 묻고 싶었는데, 혹 기시준 박사를 아시오?"

기시흔의 눈빛에 이채가 서렸다.

"형님이시오. 친형님."

"역시……"

"형님과 아시는 사이였소?"

"아는 사이라기보단, 능수지통과 함께 한번 방문한 적이 있소."

"능수지통?"

"능수지통?"

기시흔과 주소군 둘이 하나처럼 물었다.

피월려가 젓가락을 놓으며 말했다.

"그러고 보니, 주 형에게도 그때의 일을 말하지 않았군. 잠시 잠깐 방문한 것이라 중요한 건 아니었소. 기 형께서 그 가문의 일원이라면, 한 가지 말해주어야 하는 것이 있소."

궁금증이 떠오른 기시혼의 표정이 순간 쌔하게 굳었다.

"은(恩)이라면 말하고 원(怨)이라면 말하지 마시오. 다들 나를 반쪽짜리 천살성이라 하지만, 엄연히 천살성이오. 듣지 않으면 모를까, 듣고 나선 나도 내가 어찌 나올지 모르오."

피월려가 부드럽게 말했다.

"그런 것이 아니오. 그저 기 박사의 허락을 맡고 가문의 비밀 비석을 읽어 해석했었소."

순간 기시혼의 눈이 밖으로 튀어나올 듯 커졌다.

그는 흥분을 감추지 못하며 물었다.

"정말이시오?"

"심안으로 보니, 보였소. 그래서 기 박사에게 일러주었었소."

"그, 그걸 혹 아직도 기억하시오?"

피월려는 고개를 저었다.

"그것은 이면의 것이었소. 용안심공을 잃어버린 뒤엔 완전히 기억하지 못하오."

"아……."

기시혼의 탄식에는 형용할 수 없는 실망감이 가득했다. 그런데 그가 갑자기 고개를 들며 다시 물어왔다.

"형님은? 형님은 아시지 않겠소?"

"아실 것이오. 내가 직접 말씀드린 것을 받아 적으셨으니……."

피월려의 말끝이 흐려졌다. 동시에 그의 눈썹이 꿈틀거렸다.

잠깐.

이상하다.

왜 글을 받아 적었을까?

피월려가 다시 말하려고 입을 열었는데, 그 순간 기시혼의 눈에서 살기가 넘실거렸다.

"지금 받아 적었다고 말했소?"

기시혼의 목소리가 심하게 떨렸다.

그도 동일한 의문을 품는 것 같았다.

피월려가 말했다.

"나와 같은 의문을 품으신 것 같은데, 먼저 말해보시오."

기시혼의 말이 빨라졌다.

"그것은 가문의 기밀이오. 그런데 사본을 남기면 되겠소? 그런데 그걸 받아 적었다니… 뭔가 앞뒤가 맞지 않소."

피월려는 고개를 끄덕이며 기시혼의 말에 동의했다. 그 당시에는 아무렇지 않게 넘어갔지만, 조금만 생각해 보면 그 의문은 타당한 것이다.

"내 생각도 같소."

피월려의 말을 들은 기시혼이 눈을 이리저리 굴리며 중얼거렸다.

"다시는 찾아가지 않으려 했었지만… 그 말을 들으니, 찾아뵙지 않을 수가 없을 것 같소. 형님에게 무슨 일이 일어나지 않았기를 바라야지."

피월려가 덧붙였다.

"그때 당시 능수지통도 속았거나, 아니면 그와 한패였거나 둘 중 하나였을 것이오. 전자라고 믿긴 힘드니 후자라고 생각할 수 있겠군. 우선은 형님을 직접 방문해 보고 진상을 들어보시오. 그저 기우일 뿐일 수 있소. 하지만 무슨 일이 있다면 분명 능수지통이 관여했을 것이오."

기시혼은 잠시 동안 깊은 생각에 빠져 있다가 피월려에게 포권을 취했다.

"감사하오, 피 형. 이렇게라도 소식을 듣게 되어 다행이오. 언제 기회가 되면 찾아뵙고 말씀드리겠소."

"별말을 다 하시오. 아직 모르는 일이니 너무 심려치 마시오. 한데 기 형의 가문은 문인의 가문으로 알고 있소만, 기 형은 어떻게 천살가까지 오게 된 것이오?"

기시혼은 희미한 미소를 띠우곤 간략하게 설명했다.

"형님의 오성에 짓눌려 살다 보니, 마음이 비틀어졌소. 논리에만 미친 듯 매달리다 보니, 정을 완전히 잊었지, 아마?"

"계기가 있었소?"

"계기는 모르겠소. 다만 어느 날부터인가, 오성이 어디서부터 비롯되는 건지 궁금하여 생사람의 머리를 가르고 뇌를 연구했었소. 아무런 죄책감이 없이, 아무런 거리낌도 없이 말이오."

"……."

"그리 보지 마시오. 천살가에 입적하고는 그래도 많이 좋아졌소. 하여튼 그 연구를 알아챈 형님께서 노발대발하셨지만 차마 정 때문에 날 죽이진 못하셨소. 대신 가문에서 나를 제명하고 내쫓았지. 그 길로 호북에서 은거하며 홀로 연구를 진행하다가, 천살성과 천살가의 소문을 듣고 혹시나 하여 찾아가봤는데, 역시 난 천살성이었소. 그렇게 입적하게 되었지."

"호북에 은거할 당시 혹 별호가 있었소?"

"시두괴의(視頭怪醫)."

피월려는 순간 뇌리를 스치는 기억에 기시혼에게 물었다.

"형주(荊州)에 있지 않았소?"

기시혼이 눈을 번뜩이자, 살기가 흘러나왔다.

"호오? 내 별호를 들어본 적이 있소?"

"머리를 열어보게 해주는 것으로 어떠한 상처도 치료해 준다는 괴의(怪醫)의 이야기는 누구든 한 번만 들어도 평생 기억에 남을 것이오."

"형주에서 활동했을 줄은 몰랐소?"

"아니오. 다만 낭인 시절 전 중원을 떠돌아다녔었소. 남쪽으론 잘 가지 않았지만 형주는 심심치 않게 들렀었지."

"흠, 하긴 형주는 그럴 만한 도시긴 하지. 피 형이 그곳에서 내 별호를 들었다니, 하하."

멋쩍은 미소를 짓는 기시혼에게 피월려가 더 물었다.

"의술을 아시오?"

기시혼은 고개를 저었다.

"후. 의술이 아니라 기문둔갑과 술법이었소. 그걸로 대충 육신을 유지만 시켜주니, 그게 치료인 줄 알고 멋대로 날 의원으로 오해한 것이오. 피 형"

"그렇소? 그럼 마공은 천살가에 들어와서 익힌 것이오?"

"마공을 익혔으되, 좌도의 성질이 강한 것이오. 본래 기문둔갑과 술법에 관한 공부를 했으니, 일부러 좌도의 성질이 강한 놈으로 택했었소."

"흐음……."

그때 마침 식사를 마친 주소군이 자리에서 일어났다.

"둘이 대화 나누세요. 어제는 밤새도록 저와 이야기를 하셨으니, 오늘은 제가 빠질게요."

기시혼도 덩달아 일어나며 말했다.

"설거지는 돕게 해주시오."

"그러실 필요까진……."

"내가 불편해서 그렇소."

그렇게 말한 기시혼은 밥상을 층층이 쌓아서 훌쩍 들곤 주방으로 먼저 들어가 버렸다. 주소군은 난처한 표정을 유지하며 그를 따라 안으로 들어갔다.

불길 속에서 홀로 남은 피월려는 나지막하게 말했다.

"원 소저, 아직 계시오?"

피월려의 앞에 어둠이 생기더니 그 안에서 원설이 나타났다.

"명을 수행할 때까진, 항상 동행할 것입니다."

단호한 목소리로 선포하듯 말한 그녀에게 피월려가 더 조용한 목소리로 속삭였다.

"가주께서 출타 중이라는 말을 들었을 것이오. 아마 흑백대전의 초전(初戰)이 끝마무리 될 때까지 뵐 수 없을 것인데, 그때까지 기다릴 생각이오?"

"……."

확실히 원설에겐 다른 방도가 없다.

원설의 침묵 속에서 그녀의 고민을 읽은 피월려가 말했다.

"천살가는 교주의 소환명을 완전히 무시하고 있소. 가주뿐만 아니라 형주님들이나 기 형까지도 말이오."

"압니다. 정말로 색이(塞耳)라도 하려는 것 같더군요. 하지만 상관없습니다."

"원 소저도 아시다시피 그들은 나를 내어줄 생각이 전혀 없소. 만약 나를 억지로 빼내려 한다면, 주저 없이 원 소저를 죽일 것이오. 소환명을 완수하지 못해도 죽음을 면치 못하는 건 마찬가지이오. 살 방도를 생각해 두었소?"

원설은 피월려가 자기를 무시했다고 생각했는지, 아미를 찌푸리며 팔짱을 꼈다.

"한 가지 희망은 있습니다. 교주께서 명령을 내릴 때 하신 말씀은 정확히 '월 랑을 내게 데려와'입니다."

피월려는 원설이 하려는 말이 무엇인지 알 것 같았다.

"기한(期限)이 없었다는 말이오?"

원설은 고개를 끄덕였다.

"그러니 흑백대전의 초전이 끝마무리 되는 시기이든 아니면 그걸 넘어서 흑백대전 자체가 끝마무리 되는 시기이든… 언제든 데려가기만 하면 저는 명령을 수행한 것입니다."

"하지만 너무 늦게 데려가면 교주가 진노하여 목숨이 달아나는 건 매한가지 아니오?"

"원래 명령은 '월 랑을 당장 내게 데려와'였습니다만, 그건 불가능하다고 말씀드렸습니다. 당장은 그 순간을 뜻하니까요.

그랬더니, 명령을 바꾸셨습니다. 즉 교주께서 스스로 시기를 거두셨으니 문제는 없습니다."

"이후에 다시 명을 내리면?"

"마조대엔 전대 교주셨던 혈수마제의 세력들이 많이 남았습니다. 현 교주이신 시화마제의 명령을 마조대의 피치 못할 사정으로 전달받지 못할 경우, 전 그 명을 따르지 않아도 됩니다. 받지도 않은 명을 따를 수는 없는 것 아닙니까?"

원설의 말에 피월려는 재밌다는 듯 되물었다.

"명령이 그런 식으로 비껴갈 수 있는 것이오? 그것도 교주명이?"

원설이 피월려를 내려다보며 말했다.

"그건 피 대주께서 본부에 계시지 않아보셔서 본 교의 생리를 잘 모르시는 겁니다."

"……."

"상명하복. 말은 그럴싸하지만 그것이 현실적으로 가능하다고 보십니까?"

"아무래도 부작용이 많겠지."

"그러니 이런저런 비껴가는 방법들이 있습니다. 그런 것을 암묵적으로 동의하면서 본 교의 천 년 역사가 유지될 수 있었던 것입니다. 아무도 감히 입 밖으로 말하진 않지만, 모두 동의하는 그런 것 말입니다."

"……"

확실히 어느 사회나 그런 것이 있다.

원설이 말을 이었다.

"외부 인사들은 흔히 상명하복에서 하복(下服)이 중요하다고 막연히 생각합니다. 그것이 천마신교를 지탱한다고 믿습니다. 하지만 진정한 마인들은 상명(上命)이 더 중요하다는 걸 압니다. 좋은 상명이야말로 본 교를 지탱하는 겁니다."

피월려는 원설의 말을 듣고 고개를 끄덕였다.

"그러고 보니, 나는 아직 한 번도 본부에 가본 적이 없소. 명을 내리는 입장인 일대주에 있을 때도 그리 현명한 상관은 아니었던 것 같소."

"어떻게 명을 수행하느냐보다 어떻게 명을 내리느냐가 더 관건입니다. 피땀을 흘려 지마라는 경지에 이르렀지만, 흑룡대에 지원하여 하복만 하려는 흑룡대원들을 보십시오. 그들이 괜히 그러는 것이 아닙니다. 상명은 그토록 어려운 것입니다."

피월려는 원설의 말을 들으면서 기시혼의 말이 생각났다. 그가 원설에게 말하기를 교주명을 수행한다고 해서 그녀가 교주를 뒷배에 둔 것처럼 행동할 수 없으며, 그 명령을 수행하지 못하는 건 그녀 본인의 책임이라는 것이다.

법률상 교주명이 절대적이라고 해도, 마인들의 마음속에 교주를 향한 두려움이 없다면, 사실 아무런 의미가 없다. 교주 스스로가 교주임을 증명하지 못한다면 교주명은 그저 백색 천 쪼가리에 기어 다니는 흑색 지렁이에 불과하다.

그것이야말로 천마신교가 천 년 역사를 지닌 이유.

상명하복의 진정한 의미이다.

만약 천살가가 진설린을 진정한 교주라고 생각하고 두려워 했다면, 원설이 피월려를 내놓으라는 즉시 그 자리에서 피월려를 바쳤을 것이다.

서화능의 명령하는 방식이 그렇게 독특했었던 것도 그러한 이유 때문일까?

피월려가 말했다.

"시화마제의 입지가 그리 좋지만은 못한 듯하오."

"현 교주님께서는 이번 흑백대전에서 본 교의 모든 마인들이 하나같이 인정할 수밖에 없는 힘을 보여야 할 것입니다. 아니면 적어도 일 년은 넘겨 의식을 치러야지만 마인들이 안정권에 접어들었다고 생각하며 교주로 인정하기 시작할 겁니다."

교주는 일 년에 한 번 신물전에 들러, 그 몸에 기생하는 신물에서 마정을 추출한다. 역혈지체를 만드는 마단이 거기서 나오기 때문이다. 따라서 마단도 만들지 못한 교주는 진정한 의미에서 교주라 할 수도 없다.

군체(群體)가 번식의 역할을 감당하지 못하는 지존을 어찌 지존으로 취급할 수 있단 말인가?

피월려는 웃었다.

"본 교는 알면 알수록 재밌는 곳인 것 같소."

원설은 피월려의 늙은 육신을 찬찬히 내려다보며 말했다.

"피 대주께서 본부에서 계셨다면 그 심계를 바탕으로 많은 이들이 따르는 상관이 되셨을 겁니다. 일이 그렇게 흘러간 건 정말 아쉽게 되었습니다."

피월려는 힘없는 미소를 짓곤 물었다.

"원 소저는 나를 어떻게 생각하시오? 적이오?"

"……"

원설의 침묵에 피월려가 다시 물었다.

"아무래도 대답하기 어렵겠지. 원 소저에게 박 장로는 어떤 인물이오?"

"상관입니다."

"그보다 더한 존재라는 건 우리 둘 다 아는 사실이오."

"……"

"말해줄 수 있겠소?"

원설은 입술을 깨물었다. 피가 배어 나왔지만, 그녀는 힘을 풀지 않았다.

곧 그녀가 침묵을 깨고 대답했다.

"말할 수 없습니다."

"그렇소?"

"하지만, 이건 말씀드리겠습니다. 박 장로께서 제게 직접적으로 명령을 내리지 않으시는 한, 피 대주에게 해가 되는 일은 하지 않을 겁니다."

피월려의 미소가 포근해졌다.

"그것만으로도 나는 충분하오, 원 소저."

느리게 가져가는 포권.

그것을 본 원설은 입안에 고인 피를 삼키고는 어둠을 불러 모습을 감추었다.

아니, 감추려 했다.

"말존대. 행여나 몸을 숨길 생각이면 관두어라. 죽기 싫으면."

대문에 나타난 악누는 원설에게 경고하며 안으로 들어섰다. 시록쇠의 말에 의하면 악누는 주변에 누군가 숨어 있다는 것을 싫어한다. 그 말을 기억한 원설은 악누의 앞에 부복하며 대답했다.

"존명."

그 순간 피월려의 표정이 살짝 굳었으나, 누구도 눈치채지 못할 짧은 순간에 사라졌다.

악누의 몸에서 흘러나오는 살기는 마치 물처럼 진득했다. 그 살기가 머리 위로 모여, 얇은 실처럼 하늘 위로 올라가고 있었다. 산과 강을 넘어서까지 영향을 끼칠 만한 살기를 압축하여, 하늘로 보내 올리는 것을 보면 그가 그의 살기를 억제하기 위해서 얼마나 노력하고 있는지 알 수 있었다.

피월려가 물었다.

"형주님의 마음을 불편하게 하는 것이 있습니까?"

악누는 코웃음을 쳤다.

"하! 네가 알 바 아니다. 다만 본좌와 함께 가야 할 일이 있느니라."

만약 거부할 경우, 그 자리에서 목을 쳐버릴 기세였다.

피월려는 정중히 말했다.

"안에 주 형과 기 형이 있습니다. 그들에게 인사를 하게 해주십시오."

"본좌가 언제 널 포박하여 연행하겠다 했느냐? 친우들과 인사도 못 하게? 가서 하거라. 원, 시답지도 않는 걸 허락을 맡고 있느냐?"

악누는 자기의 기세를 자각하지 못하는 듯 보였다.

피월려는 포권을 취하고는 큰 소리로 외쳤다.

"주 형! 기 형! 형주님께서 부르셔서 가봐야겠소."

그의 목소리를 들은 주소군과 기시혼이 밖으로 나와 예를 갖추었다.

"형주님을 뵙습니다."

"형주님을 뵙습니다."

악누는 한쪽 눈살을 찌푸리며 말했다.

"참 나. 이것들이 언제부터 예를 이리 차렸다고, 낯간지럽게. 하여간 월려는 본좌가 데려갈 테니 그리 알아라."

"존명."

"존명."

"존명은 무슨, 츳. 말존대. 네년은 따라오지 말고 여기 그대로 있거라."

악누는 보법을 펼쳐 순식간에 피월려에게 다가와, 거친 손길로 그를 업었다. 얼떨결에 등에 업힌 피월려는 주소군과 기시혼에게 이렇다 할 인사말을 건네지도 못하고 그대로 악누와 함께 쏜살같이 사라져 버렸다.

벌써 점이 돼서 사라진 피월려와 악누를 보던 주소군과 기시혼은 서로에게 고개를 돌렸다.

"아쉽게도 오늘도 대화를 못 하게 되었군요, 기 형."

"뭐. 그럼 이왕 이렇게 된 거 주 형과 무학을 논하고자 하는데 어떻소?"

"새로운 깨달음이 있었나요?"

"새로운 것인지 아닌지 확인하고자 하오."

"그럼 좋겠네요. 원설은 어떻게 하시겠어요?"

"예?"

원설의 되물음에 그들이 원설을 빤히 보았다.

원설은 헛기침을 한 뒤, 다시 말을 이었다.

"크흠. 저는 괜찮습니다. 어차피 서로 익힌 마공의 쾌가 너무 달라 별로 도움이 되지도 못할 것이고, 아직 완전히 믿지도 못하겠습니다."

그녀의 말에 기시흔의 두 눈이 반달처럼 변했다.

"주 형은 암령가, 나는 천살가, 그리고 원 단주는 박소을의 사람이오. 하지만 이렇게 섬기는 곳이 다르다고 해서 같은 본교의 교인이 아닌 건 아니오. 단순히 무학에 관해서 논하고 마공을 공유하는 것이라면 응당 응해야 하는 것이 마인의 도리 아니겠소?"

"마공을 논하다가도 정보는 새어 나갈 수 있습니다."

"마인은 결국 다 무를 추구하는 것이오. 세력이나 사람을 섬기지 말고 무를 섬기시오, 원 단주. 그게 진정한 본 교의 교인이오. 세력이나 사람을 섬긴다면 본 교가 다른 무림방파와 다를 것이 뭐가 있소? 암공이라고 해서 다를 건 없소."

원설은 뭐라 반박하려 했지만, 그녀의 머릿속에 떠오른 사람이 있어 말을 이을 수 없었다.

주하.

그녀는 말존대는 아니었지만 같은 암공을 익힌 마인임에도 마공을 교류하는 데 있어 적극적이었다. 자기의 약점이 드러나는 것을 두려워하지 않고, 오히려 스스로 밝히면서 그것을 정면 돌파 하는… 천마오가 출신답게 정말 마인다운 마음가짐을 가진 여인이었다.

그런 그녀는 결국 젊은 나이에 지마까지 도달했다. 원설은 아직 도달하지 못한 영역이다. 물론 그녀도 수하들을 데리고 절정급 인물을 암살할 수 있다는 자신감이 있었다. 그것이 애초에 말존대의 단주가 될 수 있는 조건이니까. 하지만 그건 엄연히 암살일 경우에만 해당된다. 순수한 무력 그 자체로는 버티는 것조차 불가능할 것이다.

원설이 말을 하지 못하자, 주소군이 말했다.

"말존대의 마인들이 생각하는 무는 조금 다를 수 있죠. 내키지 않으면 참여하지 마세요. 대신 우리의 말을 엿듣지도 마세요. 우리는 안으로 들어가죠, 기 형."

기시혼은 고개를 끄덕이곤 몸을 돌렸다.

주소군은 원설을 보다가, 그녀가 조금도 움직이지 않는 것을 확인하고는 한숨을 쉬며 기시혼을 따라 안으로 들어갔다.

내원에 홀로 남겨진 원설은 그들이 안으로 들어간 것을 몇 번이고 확인했다.

그녀는 천천히 고개를 아래로 숙여, 흙바닥을 보았다.

그곳엔 피월려가 발로 작게 쓴 글자 하나가 있었다. 획 하나하나가 너무 거칠어 언뜻 보면 그저 뜻 없는 그림처럼 보였지만, 원설은 용케도 그 뜻을 알 수 있었다.

"주(走)⋯⋯."

원설은 그 글자를 천천히 지우고는 어둠을 불러 모습을 감추려 했다.

그런데 감추려는 그 순간, 그녀의 얼굴을 붙잡는 손이 있었다.

                    *   *   *

악누는 피월려를 등에 업고 세찬 바람을 뚫고 달려 나갔다. 밤공기의 찬 기운을 내력을 운용하여 몰아내면서, 피월려에게 말했다.

"현재 천살가에 남아 있는 모든 가족들이 상록거수에 모여 있다. 평생 이렇게 모일 일이 없으니 이번에 모두 얼굴을 익혀 놓아라. 본좌도 처음 보는 일이니, 아마 네가 죽는 날까지 다시 이렇게 모이는 날은 없을 것이니라."

개인적으로 생활하는 천살가의 천살성들을 한자리에 모을 수 있는 건 단 한 사람밖에 없다.

"가주께서 명령을 내리신 겁니까?"

"그런 셈이니라. 형님께서 천포상단에 들러 네 이야기를 듣곤 판단을 내리셨느니라. 이번 흑백대전에서, 네게 책략(策略)에 관한 전권을 위임하겠다 하셨지. 그래서 가족들에게 네 말을 자기 명령처럼 들으라고 하셨느니라. 때문에 다들 너를 보기 위해 모인 것이다."

"전권이라 하심은… 기 형보다 저를 더 위에 두는 겁니까?"

"그러하다."

돈사하는 왜 기시혼을 놔두고 피월려에게 전권을 준 것일까?

아니, 그보다 그가 받아들일까?

피월려가 말했다.

"상명하복의 법칙에 따라서 전 그의 상관이 될 수 없습니다."

"가족 간의 일이다."

"……."

"헷갈리지 마라."

피월려는 당장 그 말을 이해하지 못했지만, 그것이 무슨 뜻인지는 머리가 아닌 몸으로 느껴야 할 것이다.

그렇게 단념하자, 또 다른 의문이 고개를 들었다.

왜 이렇게 급하게 일을 진행하는가?

피월려가 물었다.

"남궁세가가 움직였습니까?"

"이미 호구(湖口)에 도착했다는 소식이다. 천포상단의 보선이 도착하면 강을 건널 것이니라."

"빠르군요."

"그래서 이렇게 급히 움직이는 것이다."

"그렇군요……."

피월려의 말에서 묘한 여운을 느낀 악누가 되물었다.

"왜 그러느냐?"

피월려는 한번 깊게 호흡한 뒤 물었다.

"미세하지만 혈향이 납니다. 발산하시는 살기도 그렇고……."

"본 가 주변에 스며든 쥐새끼들이 있어 모두 도륙했느니라."

"백도의 고수들입니까?"

"아니다."

"……."

"왜?"

"아무것도 아닙니다."

"흥, 싱겁기는."

악누는 그 말을 마치곤 더욱 빠르게 앞으로 나아갔다. 지금까지는 대화를 하기 위해서 적당히 속도를 맞춘 것뿐이다. 전력으로 움직이는 악누이 몸에서 떨어지지 않기 위해서 피월려는 젖 먹던 힘까지 끌어 올려 온주피와 악누의 몸을 붙잡아야 했다.

피월려의 코를 찌르는 혈향은 더 짙어졌다.

그들은 곧 천살가의 자랑인 상록거수에 도착했다. 빠른 속
도로 인해서 제대로 숨을 쉬지 못한 피월려는 한동안 입에 효
천관을 머금고 폐를 진정시켜야 했다.

"후우. 후우. 후우."

그는 모든 이가 들을 수 있을 만큼 거친 숨소리를 내며 효
천관을 통해 끝없이 호흡했다. 공기에 대한 그의 절박함은 삶
의 처절함이 느껴질 정도였다. 마치 사막에서 몇 날 며칠을
물 없이 걸으며 완전히 탈수한 사람이 겨우 찾은 생수를 마시
는 것 같았다.

상록거수 주변에 서서 피월려를 바라보던 모든 천살성들은
그 모습에 하나같이 침묵을 지켰다. 다만 그들이 모두 피월려
를 바라보는 통에 그들의 몸에서 자연스레 생성되는 살기가
피월려에게 집중되고 있었다.

호흡이 진정된 피월려는 효천관을 입에서 떼고 앞에 포권
을 취했다.

"모두에게 추태를 보였소. 피월려라 하오."

그의 말이 끝났지만 아무도 말하지 않았다. 피월려가 이상
함을 느끼고 주변을 돌아보자, 사십 대 정도로 보이는 한 천
살성이 피월려에게 외쳤다.

"진정되었군. 호흡이 거칠었던 다른 이유가 있소?"

다른 이유?

피월려는 그 의미를 알 수 없었지만 우선 소리가 들린 쪽으로 대답했다.

"악 형주님께서 내가 감당하기 어려운 속도로 움직이셔서 호흡이 따라오지 못했소. 보시다시피 육신이 쇠하여 거친 행동이 힘드오. 양해 부탁드리오."

역시 또다시 말이 없어졌다.

피월려는 그를 가늠하려는 자리인 만큼 이런저런 질문들이 쏟아질 줄 알았다. 그래서 이토록 그들이 침묵을 지키는 영문이 무엇인지 알 수 없었다.

피월려는 악누 쪽을 보면서 물었다.

"다들 입이 무거운 듯합니다."

악누는 툭하니 말했다.

"놀라운 광경을 보면 말이 없어지는 건 천살성도 마찬가지니라."

"놀라운 광경이라 하심은?"

"삼십이 넘어가는 천살성들이 전력으로 뿜어내는 살기를 한 몸에 받아내며, 그토록 고요할 수 있는 건⋯ 아마 평정심을 평생 갈고닦은 그림파의 노승 성노는 돼야 가능할 것이니라. 형님이라도 힘들 거야."

"⋯⋯"

"어떠한 생물이라도 위협을 느끼면 임전 태세에 돌입하는 법. 그것이 공포이든 두려움이든 분노든 어떤 감정의 가면을 쓰든지 간에, 그 마음이 변하게 마련이다. 하지만 네 마음은 고요하기 이를 데가 없구나. 살기를 받지 않을 때와 다른 점이 없어. 심공을 잃은 것이 확실하더냐?"

"두 눈을 뽑았습니다. 심공은 더 이상 없습니다."

"그럼 그 평정심은 무엇으로 설명할 것이냐?"

"……"

"됐다. 이 자리에서 할 말은 아닌 것 같군. 다들 질문이 생각나면 하거라."

악누가 그렇게 말하자, 천살성들 중 한 청년이 물었다.

"듣기론 혹설의 남편이라 들었는데, 혼인을 통해 천살가의 가족이 되었다면 인정하겠소. 그러나 천살가의 책사 노릇을 하는 것은 또 다른 이야기이오. 천살성이 아니라면 우리의 생리를 이해하지 못할 터이니, 우리의 행동 방향을 결정하는 일을 감당할 수 있을지 모르겠소."

피월려가 대답하려는데, 악누가 피월려의 어깨에 손을 올려 그를 막고는 대신 대답했다.

"그것에 관해서는 곧 시험을 치르게 하여 가족에 대한 충성을 확인할 것이다. 여러 이견이 있었지만, 역시 시험을 치르지 않는 건 불가능하겠지. 그 외의 다른 말이 있느냐?"

악누의 물음에 천살성들은 하나같이 말을 하지 않았다.

가문에 대한 충성 그 하나만 확실하게 인정된다면 그 어떠한 것도 상관하지 않는다는 태도였다.

과거도.

출신도.

행적도.

그들에겐 관심 밖이었다.

피월려가 악누에게 물었다.

"시험이 무엇입니까?"

"지금 오고 있느니라."

그때 피월려는 멀리서부터 누군가 달려오는 소리를 들었다. 상당한 파공음을 내는 것이 엄청난 속도의 경공을 펼치고 있는 듯했다.

그는 시록쇠였다.

가공할 살기를 뒤로 남기며, 시록쇠가 상록거수 앞에 멈춰서자, 그의 손에 들려 있던 원설이 피를 토했다.

"쿨컥. 컥. 피, 피 대주……."

애원하는 그 목소리에도 피월려의 표정에는 아무런 변화가 없었다

시록쇠는 원설의 다리를 힘껏 찼다. 그녀의 두 다리가 기묘한 각도로 꺾였다. 그녀는 엄청난 고통에 입을 열고 소리 없

는 비명을 질렀다. 곧 힘없이 주저앉았고, 시록쇠는 원설의 머리카락을 왼손에 붙잡고 들어 올렸다.

시록쇠의 오른손이 원설의 목 가까이 접근하여, 그 손아귀에 그녀의 얇은 목이 들어왔다.

그가 말했다.

"죽여."

"……"

"박 장로에게 본 가의 소식이 닿지 않는다 판단한 것인지, 말존대원을 통해 본 가의 일을 밖으로 알리려 했다. 경고는 했으니 불만은 없겠지. 가문의 적을 죽이거라, 피월려."

피월려는 태연자약한 목소리로 악누에게 물었다.

"이게 시험입니까? 제가 기억하기로는 시험이라면 제 앞에서 원 소저를 찢어 죽이고 제 반응을 살펴야 하는 것 아닙니까?"

악누는 차분한 목소리로 대답했다.

"이건 네가 천살성임을 판단하는 시험이 아니다. 천살가를 향한 충성을 시험하는 것이지. 가문의 입적 시험과는 관계가 없다. 넌 이미 가족이야."

"……"

"네게 모든 것을 빼앗아간 박소을에게 분노하지 않는 이유가 무엇이냐?"

"모릅니다. 아니, 관심 없습니다. 설마 제가 그와 한통속이라는 겁니까?"

"여기서 네가 박소을과의 관계를 완전히 끊었다는 걸 증명하거라."

"무슨 의미가 있습니까? 제가 박소을과 한통속이라도, 이상황에선 어차피 원 소저는 죽게 될 테니, 제가 손을 쓰지 않을 리가 없지 않습니까?"

"저년에게 도주하라고 일러준 것을 안다. 그것은 무엇 때문이냐? 정 때문이냐? 천살성에게 정이란 게 남아 있을 리가 없지 않느냐? 무엇을 얻고자 저년을 살리려 했느냐? 그것만으로도 너에 대한 의심은 충분하다."

"……"

"됐다. 천살가는 사람을 말과 행동으로 판단하지 않는다. 오직 그들의 마음으로만 판단한다. 하지만 네 마음은 너무나 고요하여 보이지 않는 것이 제일 큰 걸림돌이다. 네가 아끼는 자를 살인하는 순간만큼은 그 본심이 드러나겠지. 이 많은 천살성이 지켜보는 가운데라면 필히 그 마음이 보일 것이다."

"그걸 위해서 죽이라는 겁니까? 단순히 제 마음을 보기 위해서?"

악누가 소리를 높였다.

"그렇다! 지금 이 순간에도 네 마음은 호수에 조약돌을 던진 것보다 더 작은 울림만이 있을 뿐이다. 저년을 죽여, 박소을과 관계가 없다는 걸 증명하거라. 변명도 필요 없다. 논리도 필요 없다. 귀찮기 그지없는 심계 따위는 생각도 하지 말거라. 그냥 죽여."

"……"

악누의 살기가 날카롭게 쏘아져 하늘을 찔렀다.

"네가 아끼는 자를 살해하는 순간이라면 그 고요한 마음도 파동이 일겠지. 그것을 보는 것은 우리가 알아서 할 것이다. 그리고 알아서 판단할 것이다. 너는 그저 죽이면 돼. 그뿐이다."

피월려는 귀가 멍멍한 것을 느꼈다. 그리고 그것은 곧 그의 심장이 너무나 빠르게 뛰기 때문이라는 것을 깨달을 수 있었다.

두근. 두근.

두근. 두근.

그의 심장은 소생한 뒤 이토록 빠르게 뛴 적이 없었다.

하지만 확실히 그 속도가 줄고 있었다.

피월려가 원치 않아도.

두근.

두근.

그렇다.

원설의 목숨은 이미 끝난 것과 진배없다.

누구 손에 죽든 죽을 것이다.

피월려의 표정이 굳어지는 것을 본 악누는 조용히 일척 단검을 꺼내 피월려의 손에 쥐어주었다.

그것을 받아 든 피월려는 천천히 원설에게 다가갔다.

무릎을 꿇고 그녀와 마주했다. 그녀는 두 눈을 겨우 뜨고는 피월려를 보았다.

원설이 퉁퉁 부은 눈으로 눈웃음을 지었다.

"유, 쿨컥. 유감입니다. 일이 이렇게 되어."

"……."

원설이 피를 토하며 고개를 떨궜다.

"쿨컥… 박 장로님을 서, 섬기지 않았더라면."

"……."

원설이 눈을 감으며 입가를 올렸다.

"부, 분명 쿨컥. 피 대주를 섬겼을 겁니다."

"……."

피월려는 왼손을 들어 원설의 얼굴을 매만졌다.

부드러운 그 손길은 그녀의 얼굴 하나하나를 모두 훑었다.

그녀의 얼굴은 부드러웠고 또한 뜨거웠다.

"잘 가시오."

원설은 반응하지 않았다.

단검이 움직였다.

스윽.

그녀의 뒷목을 단검이 뚫고 지나가자, 그녀의 생명이 일순간 꺼졌다.

고통이 없는 깨끗한 죽음이다.

시록쇠가 침을 내뱉듯 말했다.

"흠. 박 장로와는 돌아올 수 없는 강을 건넜군. 악 형은 어찌 봤나?"

악누는 대답하지 않고 고개를 한 번 끄덕였다.

그가 천살성들에게 고개를 돌리자 천살성들도 모두 고개를 끄덕였다.

악누가 피월려에게 말했다.

"환영한다, 천살가에 온 것을."

피월려는 말없이 두 손을 들어 조용히 원설의 시신을 안았다.

그때 그의 마음을 엿본 악누와 시록쇠 그리고 천살성들은 순간 모두 입을 다물지 못했다.

"……."

"……."

"……."

한동안 상록거수엔 숨소리만이 울렸다.

충격에서 벗어난 그들이 하나둘씩 그 자리에서 사라지고, 곧 피월려와 원설만이 남았다.

　피월려는 그대로 미동도 하지 않은 채, 원설의 몸에서 온기가 모두 빠져나갈 때까지 그녀를 안고 있었다.

제일백이장(第一百二章)

겨울의 추위가 슬그머니 다가오는 때라, 산에는 새가 많이 남아 있지 않았다. 때문에 원설의 시신은 거의 그대로 보존된 채, 불이 꺼진 장작 위에 올려놓은 그대로 누워 있었다.

"말은 안 했지만, 조장(鳥葬)은 처음이오."

육포를 뜯던 주소군의 입과 손이 멈췄다. 피월려가 삼 일 만에 처음 입을 열고 말을 한 탓이다.

그런 것치고는 목소리에 탁기가 전혀 없었다.

주소군은 다시 육포를 씹으면서 말했다.

"조장을 고집하기에 뭔가 있는 줄 알았는데, 아닌가 보네요?"

"……."

"지금이라도 화장(火葬)으로 바꿀까요?"

사실 삼 일째 불을 켜놓지 못해서 집 안에 열기가 모두 달아난 상태라 주소군은 은근히 화장했으면 하는 듯싶었다.

피월려가 주소군에게 고개를 돌리고 물었다.

"집 안에 타는 냄새가 배어 싫다고 하지 않았소?"

"이대로 있다간 시체 썩는 냄새가 날걸요? 그러니 고기 냄새가 차라리 나아요."

"인육이지 않소? 괜찮겠소?"

"그럼 집 밖에서 하죠. 처음 집 안에서 하고 싶다고 한 이유가 조장은 그렇게 하는 거라고 했잖아요? 아, 그러고 보니 그건 거짓말인가요?"

"주 형은 천살성이 아니잖소."

"……."

그래서 거짓말을 했다는 건가? 주소군은 어이가 없었지만 딱히 할 말을 찾을 수 없었다.

피월려는 고개를 다시 원설에게 돌리며 말했다.

"천살가에 장례라는 게 아예 없는 줄은 몰랐소."

주소군은 당연하다는 듯 말했다.

"천살성에게 죽음은 그저 끝. 그 이상도 이하도 아니에요. 당연히 시신은 쓰레기일 뿐이에요. 그걸 기릴 리가 없죠."

"……."

"어떻게 하시겠어요? 지금이라도 화장을 하는 게 좋을 것 같은데."

"내 코가 둔감해서 그러는데 썩는 냄새가 나시오?"

"그렇진 않아요. 계절이 계절이다 보니……."

피월려가 말을 잘랐다.

"그럼 좀 더 집 안에서 조장을 치러도 될 것 같소."

주소군은 한숨을 쉬었다.

"피 형이 이토록 막무가내로 나올 줄은 몰랐어요. 들짐승이 뜯어먹게 숲에 버리는 것과 새가 뜯어먹게 조장하는 것이 무슨 차이가 있죠? 아니면 다른 꿍꿍이가 있다든가."

"그저 내가 슬퍼하고 싶을 뿐이오. 숲에 버려지면 내가 그녀를 기릴 수 없지 않소?"

"천살성이 타인의 죽음에 슬퍼하는 것이 가능한가요?"

"슬퍼하는 척이라도 하고 싶소."

"……."

"내 생존에는 전혀 쓸데없는 그런 마음이 든다는 것 자체가 바로 슬픔을 느끼는 것 아니겠소? 적어도 천살성이 슬픔을 느끼는 방식일 것이오."

아니면 악누의 말처럼 옛 버릇을 버리지 못했던가.

어두워지는 피월려의 표정을 본 주소군이 위로하듯 말했다.

"그렇게 볼 수 있겠네요."

"이렇게라도 그녀의 죽음을 기리고 싶소."

주소군은 딱딱한 피월려의 말투에 눈을 동그랗게 뜨며 말했다.

"궁금해서 물어본 거예요. 비꼰 것이 아니라."

피월려는 잠시 침묵을 지키더니 손을 뻗어 육포를 집어 먹었다.

"조금 예민해진 듯하오."

"……"

"하아. 삼 일이나 지났으니 희망은 없겠지."

그 말이 묘하게 귓가에 맴돌아 잠시 머릿속에 잡아둔 주소군은 곧 작은 미소를 지었다.

"역시 무슨 생각이 있었군요?"

피월려는 효천관을 입에 가져가 몇 번의 거친 호흡을 했다.

그러곤 허심탄회하게 말했다.

"원설을… 아니, 그녀의 시신을 안고 있었을 때, 문득 기억이 났소. 전에 주하가 귀식대법(龜息大法)을 펼쳤을 때가 말이오. 그 당시 주하의 육체는 마치 송장인 것 같았는데, 원설의 시신을 안고 있는 느낌도 그것과 상당히 비슷했소. 그래서 혹시나 원설이 귀식대법을 펼치고 있는 것이 아닌가 했소."

주소군은 알겠다는 듯 고개를 두어 번 끄덕였다.

"암공의 대가가 펼친 귀식대법은 시체와 구분이 불가능한 수준에 이르죠. 동생의 그것이라면 충분히 그렇게 느꼈을 거예요. 하지만 천살가의 어르신들… 특히 호법원주께서 그걸 간파하지 못하셨을까요? 그 많은 천살성들 중 한 명도 눈치를 못 챘을까요?"

"암공은 좌도의 영역이 크오. 그러니 다들 눈치채지 못했을 가능성이 있소."

"희망사항이겠지요."

"부정하진 않겠소."

주소군은 팔짱을 끼곤 원설을 올려다보았다.

"사체를 제대로 본 적은 없었지만, 언뜻 보기엔 뇌해혈이 뚫린 것 같았는데 맞나요?"

"맞소. 일촌단검으로 끝까지 찔렀지."

주소군은 고개를 절레절레 흔들며 물었다.

"그런데도 희망을 품었나요?"

"……."

침묵이 흘렀다.

그들은 육포를 전부 먹을 때까지 말을 하지 않았다.

마지막 육포를 피월려에게 뺏기곤 입맛을 다신 주소군이 툭하니 물었다.

"그 눈, 정말 안 보이나요?"

피월려가 대답했다.

"그 질문을 한두 번 받은 것이 아닌 것을 보니, 내가 눈이 보이는 것처럼 행동하나 보오?"

"지금도 저 말존대 단주를 제대로 바라보고 있는 것 같아요."

"역시 그렇군."

"……."

"……."

주소군은 참으로 오랜만에 답답함을 느꼈다.

"그러니까, 보이는 건가요?"

"아니, 보이진 않소. 애초에 시야를 담아낼 그릇이 없는데, 어떻게 보이겠소?"

"그럼 그건 무슨 뜻이죠?"

"뭐가 말이오?"

"그 '역시 그렇군' 말이에요."

"아, 내가 그런 말을 했소?"

"……."

"……."

주소군은 자기 머리에 손을 가져가 정리하면서 말했다.

"심법이나 눈이 보이는 비밀. 둘 중 하나는 말해줘요. 제게 들을 권리가 있다는 건, 잘 아시겠지요."

피월려는 입을 살포시 벌렸다.

"아, 감사 인사가 늦었소. 덕분에 심법에 대해서 깨닫게 되었소. 감사드리오."

"감사는 둘 중 하나를 나누는 것으로 대신하시죠."

피월려는 아이처럼 투정하는 주소군의 말투에 미소가 절로 나왔다.

"무에 관해서는 참 다들 어린아이가 되는 것 같소."

"그야 그렇지 못하면 극에 도달할 수 없니 그런 것 아니겠어요?"

피월려는 주소군의 대답에 소리 없이 탄복했다.

"과연 그렇소."

"그래서 심법과 그 눈. 둘 중 뭘 알려줄 생각이죠?"

피월려는 대신 다른 것을 내놓았다.

"내가 보기엔, 둘 다 주 형에게 필요한 것이 아닌 것 같소. 애초에 심공을 바랐던 것도 심력을 키우기 위함이 아니오? 심즉동으로 인해 극심하게 소모되는 심력의 총량을 키워 천마에 이르려는 생각 같았는데, 맞소?"

주소군은 피월려에게 본질을 꿰뚫린 것이 이상하게 마음에 들지 않아 애매하게 대답했다.

"그렇다고 볼 수 있죠."

"한 가지 묻고 싶소. 전에 주 형이 지마에 머물렀던 이유가 무엇이오? 정녕 심력의 부재였소?"

주소군은 너무나 당연하다는 듯 긍정하려 했지만, 정작 한 번도 거기에 대해서 깊이 고민해 보지 않았다는 것을 깨달았다.

아니, 고민은 해보았지만, 의심은 하지 않았다.

"그야… 적어도 제 생각엔 그래요."

피월려가 말했다.

"내 관점에서 말하면 그렇지 않을 수 있소. 아니, 정확하게 말하면 내 관점은 아니오만……."

주소군의 눈빛이 강렬해졌다.

"말해보세요."

피월려의 고개가 점차 땅으로 향했다.

"천살지장은 무공의 경지 그 자체에 의문을 품었소. 삼류, 이류, 일류, 절정, 초절정 그리고 입신으로 이어지는 그 경계선이 임의적인 구분이며, 본래의 무학에는 그것이 없다고 말이오. 강의 물줄기는 하나이나, 그것을 상류, 중류, 하류로 구분하는 것처럼 말이오."

한 번도 들어본 적이 없는 사상에 주소군이 턱을 괴고 고민했다.

"흐음… 삼류, 이류, 일류에는 그렇게 생각할 수 있다고 봐요. 하지만 절정고수와는 너무나 확실한 차이가 있어요. 무력의 차이가 너무 뚜렷하죠. 또한 초절정과 입신도 마찬가지. 그 강에 대한 비유는 절정 이전에만 유효한 것 같은데요?"

"같은 질문에 대한 대답으론, 바로 기술적인 차이 때문이라 했소. 발경이라는 수법 때문에 검기를 내뿜을 줄 아는 자와 검기를 모르는 자 간의 간격이 커 보이고, 검강을 내뿜을 줄 아는 자와 모르는 자 간의 간격이 커 보인다고… 즉, 위력에서는 마치 거대한 차이가 있는 것처럼 보이지만 무학의 길 안에서는 그저 앞서가거나 뒤쳐진 것뿐이오."

주소군은 그 말을 받아들일 수 없었다.

"절정이 고작 검기를 쓴다고 올라갈 수 있는 경지라는 말인가요? 초절정이 고작 검강을 쓸 수 있다고 올라갈 수 있는 경지인가요? 그런 말이 되지 않아요. 절정이 아닌 사람도 검기를 쓸 때가 있고, 초절정이 아닌 자도 검강을 쓸 때가 있어요."

"이미 앞서 걸어간 사람이 만들어놓은 무공의 틀 안에서는 그 사람의 가르침을 모방한다면 어느 정도는 가능하오. 흔히 구파일방의 고수들이 그렇기 때문에 강력하지. 하지만 제대로 검기와 검강을 구사하는 사람 앞에선 무용지물이오."

주소군은 그 논리는 이해했다. 하지만 이상하게 받아들여지지가 않았다.

그가 조금은 높은 언성으로 말했다.

"검기와 검강은 그저 기술일 뿐이에요. 그것이 절정이나 초절정 같은 무학의 경지를 나눈다고 보기 어려워요."

"그래서 절정이나 초절정 같은 경지가 바로 착각이라는 것이오. 기술적인 측면에서 사람이 임의로 나눈 것이지. 즉 쉽게 가기 위해서 연구를 통해 미리 끌어다 쓰는 것뿐이오."

"좀 더… 좀 더 설명해 봐요."

"강물은 내려갈수록 점차 탁해지오. 그 탁함은 어느 순간 급격히 탁해지는 것이 아니라, 서서히 탁해지는 것이오. 하지만 사람이 먹을 수 있는 정도의 탁함. 그리고 사람이 씻을 수 있는 정도의 탁함에는 경계선이 있소. 그 때문에 인간에겐 강물의 탁함에 경계선이 있는 것처럼 느껴지고 이로 인해서 상류, 중류, 하류라는 식으로 나누는 것이오. 그러나 그렇다고 해서 강물의 탁함 그 자체에 경계선이 있는 건 아니오."

"……."

"따라서 탁함의 벽은 강물에 있는 것이 아니라 인간에게 있소. 이는 무학도 마찬가지. 무학의 벽은 무학에 본래 있는 것이 아니라 인간에게 있는 것이오. 순수한 무학의 길은 끝없는 흐름일 뿐, 벽이 없소."

주소군은 입을 벌린 채 숨만 내쉬었다.

입이 마르도록, 입을 다물지 못한 그가 생각을 겨우 정리하며 중얼거렸다.

"무슨 말인지는 알겠어요. 하지만… 그럼… 저는……."

피월려가 말을 잘랐다.

"실존하지도 않는 경지를 좇은 것이오. 검기를 수월하게 쓰면 그것이 그저 지마이고, 검강을 수월하게 쓰면 그것이 그저 천마일 뿐이오. 주 형이 천마에 이르지 못한 건 심공이 없어서가 아니오. 검강을 못 써서 그런 것이오."

주소군이 화를 내듯 되물었다.

"그게 그 뜻이잖아요? 심공이 없어서 검강을 못 쓰니 천마가 아니라는 것 아닌가요?"

단 한 번도 보인 적이 없는 주소군의 새로운 모습에 피월려는 차분히 설명을 이었다.

"심공이 없어서 검강을 못 쓰는 것이든 아니면 다른 이유이든지 간에 그건 중요하지 않소. 천마에 이르는 것이 목표라면 검강을 사용하는 것을 목표로 수련하시오. 그러면 되는 것이오."

"고작 기술을 익히는 것이 무학의 경지에 이르는 것이 아니에요."

"고작 기술의 차이가 무학의 경지를 만드는 것이오."

"무학의 경지는 그런 것이 아니에요."

"그래서 환상이라는 것이오. 그 자체가."

"……"

"아시겠소?"

주소군은 벌떡 일어났다.

그리고 두 손을 움켜쥐며 가슴으로 가져갔다.

주먹을 몇 번이고 쥐었다가 펼친 그는 이를 악물고 피월려를 돌아봤다.

"왜 피 형은 입신에 들지 못하죠? 아니! 들지 않고 있죠?"

"……"

"그 이상이 있죠?"

"……"

"알려줘요."

"스스로 찾으시오. 내가 마땅히 말해줘야 할 건 다 말해줬소."

그건 잘 안다.

주소군은 마른침을 삼키고는 피월려의 앞에 갔다.

그리고 그 자리에 무릎을 꿇고 고개를 숙였다.

"스승이 되어주십시오."

"……"

"스승으로 모시겠습니다."

피월려는 담담하게 말했다.

"내 무학은 검증되지 않았소. 내 스스로 검증하기 전 누군가를 통해 확인하는 비겁한 짓을 하고 싶지 않소. 내가 내 무학으로 입신에 이르면, 그때는 스승이 되겠소."

주소군의 얼굴이 밝아졌다.

"얼마든지 기다리겠어요. 입신의 고수를 스승으로 둔다면, 천 년이고 기다리죠."

"그때까진 친우로 남아주시오."

주소군은 그 말이 다 끝나기도 전에 자리에서 일어나 무릎을 털었다.

"그럼 그럴까요, 피 형?"

피월려가 웃었다.

주소군도 미소를 지었다.

끼이익.

때마침 대문이 열렸다.

안으로 들어선 기시혼은 포권으로 인사하곤 피월려에게 말했다.

"가주님의 명령을 받았소. 책략을 짜는 데 있어서는 피 형의 의견을 상전으로 받겠소."

담담한 목소리를 들으니, 나름 마음속으로 정리한 듯싶었다. 그러나 피월려는 그의 마음속에 은은하게 타오르는 살심을 느낄 수 있었다.

기시혼이 이번에는 주소군에게 말을 걸었다.

"아쉽지만, 천포상단에서 연락이 왔소. 피 형을 모시고 지금 떠나야 하오."

주소군은 피월려의 어깨에 손을 올리곤 말했다.

"어서 가세요."

피월려가 그를 향해 포권을 취했다.

"일이 무사히 끝나 다음에 봤으면 좋겠소."

주소군도 그를 향해 포권을 마주 취했다.

"가르침에 감사해요. 그러니 시신이 모두 썩을 때까지 조장은 유지하기로 할게요."

"냄새가 심할 터인데, 신경 써주셔서 감사하오. 그럼."

그 순간 인사를 나누는 그들을 바라보던 기시혼의 눈빛에 묘한 빛이 일렁였다.

*   *   *

남창(南昌).

강서성의 성도로 파양호로 이어지는 물길에 가장 가까이 있는 도시다. 단순한 의미뿐 아니라 지리상으로도 중심에 있어 강서성에 안에서 돌아가는 모든 일은 전부 남창에서부터 시작한다 해도 과언이 아니다.

또한 장강을 통해서 남쪽으로 내려가는 물줄기는 모두 남창을 지나가기에, 전 중원에서도 손꼽히는 교통지다. 그것도 모자라서, 스스로 비옥한 논경지인 것과 동시에 풍족한 자원

을 가지고 있다. 그중에는 삼십여 가지나 넘는 희귀토나 희귀
광물까지도 있으니, 부(富)적인 면에서 더 말할 것도 없다.

중원에서도 손꼽히는 부의 도시.

그러니 그 부 위에 건설된 강서무림은 치열하기 그지없다.
하루에도 수 개의 문파가 문을 닫고 수 개의 문파가 문을 연
다. 수십여 개의 중소문파가 합쳐지거나 거대문파가 두셋으로
쪼개지기도 일쑤다. 피바람이 잦을 날이 없고, 무림인은 파리
처럼 죽어나간다.

다만 오랫동안 정립된 질서 덕분에, 범인들에겐 큰 영향이
없다. 그저 상납금을 바치는 상대가 달라질 뿐.

이는 직접적으로 손을 쓰지 않는 천살가의 독특한 지배 방
법 때문이다. 그로 인해 천마신교의 영역 아래 있으면서도 독
자적인 무림을 구축하여, 그 안에 복잡한 세력권이 얽히고설
키는 형태였다.

강서의 범인들은 천마신교나 천살가의 존재를 알기만 하고,
그들을 평생 보지도 못하는 이들이 많다. 강서의 무림인들도
그들을 신비문파쯤으로 생각하곤, 가끔 마주할 때마다 고개
를 숙이고 예를 갖출 뿐 직접적인 인연은 거의 없다. 술자리라
도 한번 같이했다면 평생을 두고 자랑할 만한 얘깃거리이며,
칼을 나누고 살아남았다면 그것만으로도 명성이 생긴다.

천살가라는 지존이 있으나 거의 영향을 끼치지 않고, 약육

강식의 법칙 아래서 모든 것이 용납되는 자유… 너무나 독특한 상황의 강서무림은 강서출신이 아니라면 이해하기조차 어려운 질서가 확립되어 있다.

이를 누구보다도 잘 꿰뚫고 있는 강서성의 태수, 황만치는 양지에서부터 음지까지 강서성의 전체적인 살림을 잘 책임져왔다. 그의 목표는 언제나 현상유지(現狀維持). 그 때문인지 그는 유래가 없을 정도로 긴 세월 동안 태수로 남아 있었다.

그것도 어느덧 삼십 년.

강서에서만큼은 황제도 부럽지 않는 생활을 하면서도 황만치는 절대 잊지 않았다. 언제라도 그의 모든 삶을 송두리째 뒤흔들 수 있는 세력이 항시 존재한다는 것을. 그들은 잠룡처럼 조용하지만, 한번 그 역린이 꿈틀거리면 어떤 사태가 강서성을 휩쓸게 될지 상상할 수 없다는 것을.

모두의 기억 속에서 잊을 만하면 나타나는 천살가.

황만치는 남창에서 가장 큰 선박장에서 강가의 바람을 맞으며 그들을 기다렸다. 수족과 호위무사는 그가 직접 늙은 몸을 이끌고 선박장에 나와 있다는 사실을 이해하기 어려워했다.

아무리 천살가라지만 태수가 홀로 강가에 마중 나와 있다니? 그들은 모두 뛰어난 실력을 갖춘 만큼 그 자부심도 대단했다. 그들 중에는 천살가나 천마신교의 마인들과 견주어도 밀리지 않을 거라고 생각하는 자들도 상당수였다.

"태수님. 바람이 찹니다. 이렇게 계속 기다려야겠습니까?"

안은남은 황실에서 벼슬을 받아 강서로 내려왔지만, 황궁이 몰락하고 황만치에게 충성을 맹세한 자였다. 그는 남달리 총명하고 일 처리가 매우 빨랐지만 경험이 부족한 것이 조금 흠이었다.

황만치가 좁쌀만 한 눈을 찡그렸다. 그러자 멀리서 먼지를 풍기며 달려오는 마차 하나가 눈에 들어왔다.

그가 말했다.

"천마신교에서도 가장 흉악무도하다는 천살가다. 강서의 패권을 수백 년이나 쥐고 있었지. 때로는 무림에서, 때로는 관에서, 그들이 틀어쥐고 있는 패권을 넘보려 했지만 모두 실패했어. 그 후엔 대학살만이 펼쳐질 뿐이었다."

"어차피 그들은 실질적으로 패권을 쥐고 있지 않습니다. 무늬만 그런 것 아닙니까? 그들이 가졌다는 전설적인 힘도 모두 거짓일 가능성이 큽니다"

"그렇다 하더라도, 도박을 할 필요는 없는 게야. 이대로 있어도 그들이 사용하지 않는 패권을 내가 대신 휘두르면 그만이지 않느냐?"

"미천한 뱃놈들이나 있을 곳에 태수님께서 계시니 하는 말입니다."

"모양새는 껍질이야. 그걸 가져서 뭐 하게."

"태수님께선 그러실 수 있겠지만 전 모르겠습니다."

안은남의 얼굴에 떠오른 불만은 벌레라도 눈치챌 법했다. 애초에 숨길 생각조차 없는 듯 보였다.

황만치는 한숨을 쉬며 패용한 옥을 매만졌다. 그가 불안할 때마다 그것을 만지며 심신의 안정을 찾다 보니, 그 옥은 이미 그의 손에 바랠대로 바래 그 모양이 움푹 패어 있었다.

"내자 대화할 테니 넌 가만히 있거라."

"……."

"대답하거라. 알았느냐?"

안은남은 내키지 않았지만 고개를 숙였다.

"알겠습니다, 태수님."

말은 그렇게 했지만 표정은 그대로였다.

황만치는 조금 뒤에 있을 일에 아쉬워하며 짧은 한탄을 했다.

"쯧."

이윽고 마차가 도착했다.

천살가의 마차는 그 악명에 걸맞지 않게 매우 초라했다. 그 어디에도 흔한 장식물 하나 찾아볼 수 없었고, 그렇다고 부품 중에 강도가 높은 특수한 금속 같은 것으로 만들어진 것도 없었다.

겉도 속도 돈을 쓴 구석이 없다. 이미 구겨져 있던 안은남의 표정이 한층 더 구겨졌다.

마부석에서 마차를 몰던 기시혼이 털썩 내렸다. 그러곤 황만치 앞에 서서 포권을 취했다.

"대인을 뵙습니다. 강녕하셨습니까?"

"물론이지. 오랜만이네. 한 달 만이지, 아마?"

황만치는 아무렇지 않게 대답했지만, 안은남의 얼굴은 붉으락푸르락해졌다.

한낱 마부 따위가 말을 먼저 꺼내?

안은남이 소리를 지르려고 숨을 깊게 마셨다.

그 순간 기시혼의 눈길이 괴상하게 움직이며 안은남을 향했다. 마치 오른쪽 눈동자가 먼저 움직였고, 그 뒤를 왼쪽 눈동자가 미세한 차이로 따라간 느낌이었다.

그와 눈이 마주치고 등에서부터 소름이 올라온 안은남은 들이마신 숨도 내쉬지 못하고 얼어버렸다.

"뒤에 게신 분은 누굽니까?"

황만치는 눈을 찬찬히 감았다가 떴다.

"이번에 새로 부임한 독우(督郵)라네. 안 씨일세."

"흠, 바꾸셨군요. 혹 아끼시는 자입니까?"

"……."

"실례하겠습니다."

기시혼은 보법을 펼쳐 안은남의 앞에 섰다.

갑자기 귀신처럼 나타난 그의 모습에 비명을 지르려던 안은남은 또다시 소리를 내지 못했다. 이번에는 그의 입을 기시혼이 틀어쥐었기 때문이다.

그리고 오므라드는 손가락.

으득. 으드득.

그 손가락이 연주하듯 움직이자, 그에 맞춰 안은남의 사지가 비틀리기 시작했다. 그리고 그와 동시에 급속도로 마르기 시작했다.

으득. 으드득.

너무나 갑작스럽고 또 잔인한 그 광경에 모두 넋을 잃고 바라만 보고 있었다. 안은남의 생명을 책임져야 할 호위무사들조차도 칼집에서 칼을 빼 들지 못했다.

안은남은 그렇게 비틀어진 나뭇가지처럼 변해 버렸다. 기시혼은 그것을 한 손으로 들고 바다에 버렸는데, 그것은 마치 가벼운 나무토막인 것처럼 높게 포물선을 그리며 날아가 버렸다.

기시혼은 다시 황만치 앞에 서서 말했다.

"천살가에서 나오기 전에 매우 불쾌한 일이 있어서 말입니다. 기분 전환이 필요했습니다."

"남창에는 항상 인재가 모이지. 마음 쓰지 마시게."

"하실 이야기가 있어 보이십니다. 안으로 드시지요."

황만치는 나무토막이 된 안은남이 떨어진 강가 쪽을 그윽한 눈길로 바라보더니 중얼거렸다.

"저 친구가 외치(外治)는 썩 잘했는데 말이지… 아쉽구먼. 자, 아이고. 미안하지만 올라가는 것 좀 도와주게."

황만치가 기시흔의 도움을 받고 마차 안을 들어서자, 그 안에서 조용히 기다리고 있던 피월려가 말했다.

"대인를 뵈오. 피월려라 하오."

북쪽 억양.

간단한 자기소개.

장님.

노인.

황만치는 찰나라고 할 수 있는 그 순간에 피월려에 관한 모든 정보를 긁어모았다. 하지만 겉으로는 자기 두 무릎을 짚으며 미소를 짓고 있었다.

"흐흐흐. 이 부족한 본관(本官)이 환갑을 넘고 나니 이 정도의 높이도 올라오기 힘드오. 예를 차리지 못한 것을 이해해주시오."

그가 맞은편에 자리함과 동시에 마차의 문이 닫혔다.

즉 기시흔은 대화에 참여하지 않는 것이다.

그럴 줄은 예상하지 못한 터라, 황만치는 더욱더 그의 앞에 있는 피월려가 누군지 궁금해졌다.

피월려가 말했다.

"노부는 천살성이나 무공을 익히지 않았소. 눈도 보이지 않는 장님이지. 그저 조용히 늙은 여생을 보내고 있었는데, 가주께서 이번 일의 책략을 감당해 달라고 부탁해서 말이오. 이렇게 말년에 노구(老軀)를 이끌고 나왔소."

처음부터 끝까지 부드러운 말길이었다.

무공을 익히지 않았다는 것도 사실인 듯 그 기세가 무림인의 그것처럼 날카롭진 않았다.

하지만 이상하게 긴장되는 건 무엇일까?

황만치는 마음을 다잡았다.

"서로 몸이 젊은 날 같지 않으니, 빠르게 용무를 털어놓고 가겠소. 본관의 목적은 지난 삼십 년간 변한 적이 없소. 처음 태수가 되던 날에도 천살가에 말한 것 그대로이오."

"그것이 무엇이오?"

"현상유지."

피월려가 턱을 매만졌다.

"하기야. 아무리 흑백대전이 무림의 일이라곤 하지만, 그 정도의 규모라면 이야기가 달라지니, 대인께서 염려하시는 것이 무엇인지 알겠소."

황만치는 단도직입적으로 말했다.

"본관은 도박을 할 생각이 없소."

"그럼 양쪽에 줄을 대실 생각이오?"

"이미 많은 세력들이 그렇게 하고 있지만, 그건 파양채 같은 하수나 쓰는 하책이오."

"……."

황만치는 말이 없는 피월려를 뚫어지게 바라보았다.

그의 감은 두 눈과 눈씨름이라도 하는 것처럼 응시했다.

피월려가 물었다.

"그럼 양쪽을 다 망하게 할 생각이오?"

"그건 천포상단 같은 중수나 쓰는 중책이오."

지금껏 조금도 변하지 않던 무표정한 피월려의 얼굴에 아주 작은 변화가 일어났다. 양 입꼬리가 살포시 올라간 것이다.

피월려가 다시 물었다.

"그럼 황 대인 같은 고수가 쓰는 상책은 무엇이오?"

태수는 더 이상 일이 없다는 듯 갑자기 자리에서 일어났다.

"양쪽을 화합하게 만들겠소."

피월려의 입이 살포시 벌려졌다.

"확실히… 그것이 대인께서 원하는 것을 쟁취하면서 어떠한 위험도 부담하지 않는 유일한 길이오."

"본관이 괜히 삼십 년간 태수직에 있었던 것이 아니오. 나중에 태수전에서 귀공을 제대로 대접하겠소, 그럼."

그렇게 태수가 밖으로 나가 버리자 밖에서 몇 마디의 말이 오간 후, 기시혼이 안으로 들어왔다.

그가 피월려에게 물었다.

"왜 황 태수가 기별도 없이 우릴 기다린 것이오?"

피월려는 잠시 작은 소리로 웃더니 대답했다.

"선전포고를 하러 온 것이었소."

"서, 선전포고?"

"후후후."

기시혼의 표정이 방금 전 말라비틀어진 안은남을 바라보던 호위무사의 표정처럼 변했다. 호위무사들이 그런 광경을 단 한 번도 본 적이 없었던 것처럼, 기시혼은 그런 웃음소리를 단 한 번도 들어본 적이 없었기 때문이다.

                    *   *   *

상단(商團).

그것은 상인들이 스스로의 안위와 시장의 안위를 지키기 위해서 조직한 집단이다. 무림방파는 하나의 지역을 정해놓고 그곳의 치안을 다스리지만, 상단은 어느 한곳을 지킨다기보다는 쉬지 않고 움직이는 상인들과 동행하며 그들을 보호하는 역할을 한다. 즉, 무림방파가 정적이라면 상단은 동적이다.

백도무림의 지역에선 상단의 보호는 일종의 겉치레에 불과하다. 백도방파에서 상인들을 습격하여 상품을 노략하는 짓을 했다가는, 대의명분을 위해 두 눈을 시퍼렇게 뜨고 있는 다른 백도방파에 항쟁의 빌미를 제공하기 때문이다. 상단은 백도문파의 보호를 청하는 식으로 돈을 쥐여주며 그들의 체면을 살려주면 끝. 무력을 동원할 일이 거의 없다.

　하지만 흑도무림에선 사정이 다르다. 그들을 습격하여 노략하는 데 있어 어떤 거리낌이 없는 흑도방파나 그것을 그대로 방관하는 천마신교의 지배 아래선 그들도 실질적인 무력을 갖출 수밖에 없다. 어쩌다 흑도방파에 돈을 주고 보호를 맡겨도, 체면이라는 것이 아예 없으니 막상 일이 터지면 도망가 버리기 일쑤. 약탈자 편으로 배신하지만 않으면 다행이다.

　그렇다고 물건을 팔아먹기 위해선 사막을 지나고 바다를 건너는 상인들이 그깟 무력 충돌을 두려워해 남쪽을 포기할 수는 없는 법. 그 때문에 탄생한 것이 상단이다. 막대한 자금력을 바탕으로 상인들이 흑도무림의 기형적인 환경에 적응하며 생긴 것이다.

　그 상단 중 중원제일이라고 손꼽히는 천포상단. 그 이름 아래 보호를 받는 표행은 거기에 도전하는 수많은 흑도문파를 상대로 거의 패배한 적이 없다. 패배를 하더라도, 적을 하나라도 더 죽이려고 득달같이 달려들거나 심지어 상품을 스스로 파괴하기도 하는 등, 습격한 쪽에서 상품을 노략하여 얻을 이득보다 더 손해가 나게끔 만든다. 천마신교의 마인과 논쟁이 붙어도 끝까지 시시비비를 가리는 그 독기만큼은 모든 흑도문파에서 인정하는 수준이었다.

그들은 무력에선 조금 못하더라도, 영향력에서만큼은 천마오가에 뒤지지 않는다. 그 때문인지 흑도무림 안에선 천마오가만큼이나 독보적인 위치에 있다. 따라서 천포상단의 단주는 천마오가의 각 가주나 천마신교의 장로급와 동급으로 사람들의 머릿속에 각인되어 있다.

피월려와 기시혼은 뱃길을 따라 움직이는 배 위에서 날밤을 보냈다. 성자에 아침 일찍 도착한 그들은 성자에 머무르고 있던 천포상단주를 만나러 그의 은거지로 향했다.

은거지는 성자 도심에 있었다. 그곳은 거대한 저택으로 도저히 은거지라 생각할 수 없는 곳이지만, 그래서 오히려 더 은거지로 안성맞춤인 곳이었다. 문지기도 없어 그들이 그냥 대문 안으로 들어서자, 어여쁜 시녀 한 명이 그들을 기다렸다는 듯 안으로 인도했다.

갖은 동물의 형상을 본따 만든 돌상과 육각형의 고풍스러운 나무 등이 끝없이 이어진 복도를 지나, 그들이 도착한 곳은 정원. 위로 맨 하늘이 그대로 보이는 그 정원 안은, 어떤 조화로 인한 것인지는 알 수 없었지만, 옷을 벗어도 춥지 않을 만큼의 열기를 품고 있었다. 때문에 추운 늦가을에 푸르른 빛깔을 뺏기지 않은 각종 나무들과 꽃들이 아름다운 형태로 산재해 있었고, 큰 연못과 바위들도 그 운치(韻致)에 한몫하고 있었다.

그 정원의 중앙에서, 대도시에서조차 쉽사리 보기 힘든 미모를 갖춘 세 명의 미녀들이 한 남자의 시중을 들고 있었다. 그 남자는 그곳에 지어진 작은 누각(樓閣)의 마루에 비스듬히 누워 앉아 노란빛이 나는 포도를 먹고 있었는데, 그 용모가 뚜렷하여 마치 한 폭의 그림을 보는 것 같았다.

그 미남이 피월려와 기시혼을 보곤 왼손을 올렸다. 그러자 그의 어깨와 발을 주무르던 두 미인이 안마를 멈추고 공손한 자세로 살짝 물러났다. 그 남자는 반쯤 풀어 헤친 옷을 정갈히 하며 누각에서 내려와 기시혼과 피월려에게 포권을 취했다.

"지금 오시는 줄 몰랐소. 너무 편한 모습을 보여 송구하오. 패천후라 하오. 부족하지만 천포상단을 책임지고 있소."

천포상단의 단주, 패천후. 피월려와 기시혼의 예상과는 다르게, 그들과 비슷한 연배의 미남이었다.

그의 쩌렁쩌렁한 목소리에는 그가 스스로에게 가진 자신감이 그대로 묻어 나왔다. 그것은 사람의 마음속 깊이 울려 절로 그 패기에 눌리게 만드는 제왕의 성질을 가지고 있었다.

하나, 기시혼과 피월려도 기세에서만큼은 어디서도 꿀리지 않는다.

아무런 감흥이 없는 표정으로 기시혼이 포권을 취했다.

"천살가의 기시혼이오. 가주께서 이곳으로 오라 명을 내리셨소. 가주께선 계시오?"

패천후가 손을 내리며 대답했다.

"지금은 없소."

"이미 보선이 출항했나 보군."

그것을 아는 것만큼 신분을 보장하는 것도 없다.

패천후는 그들을 향한 의심을 지우고는 앞으로 걸어 나왔다.

"뒤에 계신 분이 심검마이시오?"

피월려가 포권을 취했다.

"상단주를 뵙소. 천살가의 피월려이오."

"그 유명한 심검마이시군! 심계에 있어서는 나도 여기저기서 들은 것이 있어, 일을 함께하는 데 아무런 걱정이 없소. 크하하! 이렇게 함께하게 되어 영광이오."

중원 최고의 상단주답게 손아귀에 쥔 정보의 질도 격이 다른 듯했다.

피월려는 지금까지 머릿속으로 생각해 두었던 연기를 깔끔히 포기했다.

"나 또한 중원 제일의 상단주를 뵈니 영광이오."

"내가 한 살 아래이니, 그냥 패 후배라고 불러주시오. 기 선배께서도 그리하시고."

"……"

"……"

침묵을 지키는 두 천살성들을 번갈아 보면서도 패천후는 기세를 잃지 않았다.

"원래 나도 흑도이자 낭인 출신이오. 선후배 하는 것이 편해서 그렇소."

기시혼이 말이 없는 사이 피월려가 먼저 말을 꺼냈다.

"그럼 그렇게 하지, 패 후배."

패천후는 남자답게 가슴을 펴고 웃었다.

"하하하! 역시 시원하시구려. 이 후배가 두 선배를 대접하겠소. 흐음 뭐가 좋을까? 너희 생각은 어떠냐?"

패천후가 뒤를 돌아보며 세 미인들에게 묻자, 그녀들이 모두 한마디씩 답했다.

"듣기로는 귀빈들께서 오량액(五粮液) 같은 천한 술로 혀를 더럽히셨다, 들었습니다."

"그렇다면 마땅히 구량액(九粮液)으로 더러워진 혀를 한번 씻어내야 합니다."

"그 뒤에 소녀들의 입을 통해 구량액의 미인주(美人酒)를 맛

보시면 될 것입니다."

패천후는 손바닥을 강하게 내려치며 외쳤다.

"좋다! 그리하겠다. 준비하거라! 두 선배들은 이리로 올라오시오. 이 정원은 별로 아름답지는 않지만 그래도 눈을 썩힐 정도는 아니오."

패천후는 거친 걸음으로 누각에 다시 올라갔고, 누각에 있던 세 미녀들이 내려와 한쪽으로 사라졌다. 그녀들은 기시혼과 피월려를 바라보며 매혹적인 미소를 흘렸는데, 기시혼은 미소로 피월려는 무표정으로 일관했다.

피월려는 기시혼의 부축을 받고 패천후의 반대편에 자리했다. 그 모습을 보며 패천후가 물었다.

"피 선배는 눈이 보이지 않으시는 것 같은데, 어떤 마공을 익혔기에 그런 것이오?"

지금까지 피월려에게 그것을 이토록 단도직입적으로 물어보는 사람은 없었다. 모두들 그것이 궁금해도 무례가 될까 봐 묻지 않았지만 패천후는 느끼는 그대로를 입 밖으로 표현했다.

실례라고 볼 수 있었지만, 미세한 살기도 감지하는 기시혼이나 피월려는 그에게서 어떠한 악의도 느낄 수 없었다. 실속 없는 패기를 부리면서 주도권을 쥐려는 흑심도 없었다. 그저 피월려가 눈이 보이지 않는 걸 봤고, 그것이 궁금하여 진심으로 물은 것뿐이다.

기시혼이 말했다.

"패 후배는 과연 천포상단의 단주답소."

패천후는 그 말을 듣고서야 자기의 말이 불쾌할 수 있었다는 것을 뒤늦게 깨닫고는 고개를 푹 숙였다.

"아! 이 후배가 예의가 없다는 말을 자주 듣소. 두 선배들께서는 오해하지 마시오."

피월려가 말했다.

"우린 오해를 할 수 없소. 천살성에겐 그 속이 보이니……."

그 말에 흥미를 느꼈는지 패천후가 또다시 물어 왔다.

"호오! 그렇소? 그건 어떤 느낌이오, 피 선배?"

피월려는 대강 둘러댔다.

"글쎄… 막연하게 표현하자면, 이 사람은 어느 한계까지 가야 나를 죽이려 들까 하는 식이오. 혹 기 형도 그렇소?"

기시혼은 피월려의 질문에 잠시 연못을 바라보더니 대답했다.

"비슷하오. 나는 확률로 느껴지지만……."

패천후의 얼굴에 호기심이 떠올랐다. 재밌는 장난감을 발견한 어린아이와도 같은 표정이었다.

"오오오! 그럼 이 후배의 마음은 어찌 느껴지시오?"

기시혼은 피월려를 흘겨보았고, 피월려도 기시혼에게 고개를 향했다.

그들은 서로를 바라보며 말했다.

"사지 하나?"

"일 할?"

그 말을 들은 패천후의 얼굴에 웃음기가 넘쳐흐르기 시작했다. 그런데 웃음기가 너무나 많다 보니, 그것이 웃음기인지 아니면 그것이 아닌 다른 무언가인지 분간하기 어려울 정도였다. 언뜻 보면 쾌락에 완전히 젖은 것 같기도 했고, 언뜻 보면 고통에 몸부림치는 것 같았다.

그가 곧 광소를 터뜨려 그의 얼굴에 가득 찬 광기를 날려보냈다.

"크하하! 크하하! 하하하! 역시 천살가의 마인들은 다르오! 처음 천살가의 가주를 뵈던 날은 정말 사지가 다 떨려올 정도로 충격이었는데, 두 선배를 만난 오늘도 그날에 못지않은 것 같소! 난 천살성이 부럽소! 정말 너무 부러워!"

패천후가 진정을 되찾기까진 꽤 오랜 시간이 걸렸다. 그동안 세 미녀가 술상을 들고 왔다.

곧 패천후와 피월려 그리고 기시혼의 사이에는 열 사람이 먹어도 다 먹지 못할 정도로 진수성찬이 차려졌다.

붉은 기가 감도는 옥으로 만들어진 세 술잔에 우윳빛의 술을 따른 세 미녀는 각각의 남자들 앞에 술잔을 올려놓았다.

패천후는 그 술잔을 들고 건배를 외쳤고, 모두 그를 따라 했다.

피월려가 술을 마시지 않고 첫잔을 내려놓으며 말했다.

"가주께서 이곳에 우릴 부른 목적을 묻고 싶소, 패 후배."

패천후는 술잔을 비우느라 대답을 하지 못하고 곁눈질로 피월려를 살폈다. 특히 그의 술잔을.

독한 주향에 입만 살짝 축이고 잔을 내려놓은 기시혼은 설마 패천후가 한 번에 끝까지 다 마시리라곤 생각하지 않았다. 하지만 패천후는 그 기대를 무참히 부숴 버리며 빈 잔을 탁하고 내려놓았다.

"설마 한 잔도 마시지 않을 생각이시오, 피 선배?"

"대답을 듣고 마시겠소."

패천후의 얼굴은 또다시 그 광기 어린 웃음기로 차오르기 시작했다. 그는 기시혼과 피월려를 대여섯 번이나 번갈아 보더니, 자기 가슴을 꽉꽉 내려치며 그들에게 물었다.

"혹 이 후배의 대접이 너무 후졌소? 그런 것이오?"

그의 말이 끝나기 무섭게 그의 옆에 있던 미녀가 그의 어깨를 살포시 때리곤 애교 섞인 목소리로 말했다.

"언행을 주의하셔야지요, 단주님. 귀빈들 앞에서……."

패천후는 획 하고 그 미녀를 돌아보고는 그녀를 서서히 안아가면서 말했다.

"으. 으흐흐. 흐흐흐. 그래, 내가 언사가 좀 천했지? 미안하다 미안해. 흐흐흐."

입술까지 내밀며 들이미는 통에, 그 미녀는 두 아미를 살포시 내리며 그녀의 입가로 손을 가져가 패천후의 입술을 막았다.

"아이 참. 귀빈들께서 불쾌해하잖아요."

패천후는 영문을 모르겠다는 듯 또다시 획 하고 피월려와 기시혼을 돌아봤다. 그러더니 그는 곧 술병을 낚아채 자기 빈잔에 따르면서 말했다.

"아! 이거. 선배들에게 송구하게 되었소. 갑자기 취기가 올라와서 말이오. 그러니까 피 선배께서 하려던 말씀이 무엇이오?"

피월려가 말했다.

"가주께선 천포상단과 어떤 이야기가 오갔는지 말씀하지 않으셨소. 혹시나 중간에 정보가 새어 나갈까 서찰에 적지 않으신 것 같은데, 패 후배가 그에 관해서 우리에게 설명해 줘야 하지 않겠소?"

패천후는 입술을 동그랗게 모으더니, 머리를 마구 긁적이며 말했다.

"흐흐흐. 글쎄. 후배도 잘 모르겠소. 천살가 가주께서 내게 이것저것 도와달라고 하셨긴 한 거 같은데⋯ 아아아. 잠깐. 생각이 나려고 하는 것 같기도 하고 아닌 것 같기도 하오. 기다려 보시오. 이 후배가 이거 한 잔을 말끔히 비우면!"

패천후는 그렇게 말하며 높이 든 술잔을 단번에 입으로 가져가 들이켰다. 한 편의 연극을 보는 것 같아 웃음이 나오는 걸 막을 수 없었던 기시흔도 입가에 미소를 띠며 그와 함께 술을 마셨다.

패천후는 쪽 하는 소리와 함께 빈 술잔에 입을 맞추고는 혓바닥을 내밀어 그 술잔 안을 게걸스럽게 핥았다. 그러면서 눈을 게슴츠레 떠 옆에 있던 미녀를 음흉한 눈빛으로 바라봤는데, 그 미녀는 얼굴에 홍조를 띠우면서 패천후의 가슴을 작은 주먹으로 몇 번 쳤다.

피월려가 물었다.

"이제 기억나시오?"

패천후가 쿵 하고 술잔을 내려놓고는 말했다.

"아직 입에 대지도 않은 술잔이 있어서 말이오. 그래서 기억이 나지 않는 것 같소."

그 순간 기시흔이 손을 뻗어 그에 옆에 있던 미녀의 목을 붙잡았다.

"꺅! 까악. 컥."

순간적으로 분위기는 싸늘하게 식었고, 목덜미가 잡힌 미녀의 얼굴이 새파랗게 질렸다.

패천후의 얼굴은 또다시 광기스러운 웃음기로 물들기 시작했다.

피월려가 기시혼에게 말했다.

"기 형, 잠시."

기시혼은 패천후의 표정을 따라 하면서 태연스럽게 말했다.

"왜 그러시오 피 형?"

"참아주시오."

"내가 왜 참아야 하오? 그리고 언제부터 피 형이 내게 명령을 내릴 수 있었던 것인지 모르겠소."

피월려는 침착하게 설명했다.

"가주께서 책략의 책임을 내게 맡긴 만큼, 그에 관해서는 명령을 내릴 수 있소. 이건 기 형도 동의한 것 아니오?"

기시혼은 부드러운 어조로 대답했다.

"그거야 이 여인의 목숨이 책략을 짜는 데 있어 관계가 있을 때에 해당하는 것이오. 책략을 짜는 것과 아무런 상관이 없다면 내가 누구를 죽이든 말든 피 형이 상관할 바가 아니오."

"왜 상관이 없소? 그녀를 죽이면 패 후배가 좋아하지 않을 것이오."

"그건 패 후배에게 물어보시오."

피월려는 패천후에게 고개를 돌렸고, 패천후는 어깨를 한 번 올렸다 내리면서 손바닥을 보였다.

"나는 상관없소."

그 말이 끝나기 무섭게 기시혼이 말을 덧붙였다.

"그렇다면 이 여인을 죽여도 이번 책략을 논하는 데 아무런 영향이 없다는 것이 증명되었군."

피월려가 물었다.

"그 여인을 죽이고 싶은 이유가 무엇이오? 남창에서처럼 기분 전환이오?"

기시혼이 패천후를 보며 말했다.

"일말의 거짓부렁도 아니라는 점 하나로 지금까지 넘어간 것이오. 거짓부렁을 지껄인 이상, 더 이상 놀이는 없소."

패천후는 아무런 말도 하지 않고 기시혼의 살기 어린 눈빛을 받아냈다.

돌이킬 수 없는 상황으로 번지기 전에 피월려가 재빨리 말했다.

"그렇다고 그 여인을 죽이는 건 아무런 의미도 없소."

"그럼 기분 전환으로 죽인다고 합시다."

전혀 말이 통하지 않는다.

아니, 과연 그럴까? 만약 그랬다면 그녀를 이미 죽였을 것이다.

피월려가 패천후에게 물었다.

"천살성에게 거짓을 통하지 않는다는 걸 알면서 왜 거짓말을 한 것이오?"

패천후가 손가락으로 피월려의 술잔을 가리켰다.

"술 한 잔도 같이 못 마셔주는 사람과 일을 논하기 싫어서
그랬소."

"……."

피월려가 아무런 말을 하지 않을 때, 갑자기 목이 잡힌 여
인이 기시혼의 술상 앞쪽으로 반쯤 엎어졌다. 기시혼이 손아
귀에 힘을 줘 앞으로 끌고 온 것이다.

"끼― 악!"

그 여인이 비명을 지르며 균형을 잡고자 두 팔을 허우적거
렸다. 그 팔에 스무 가지가 넘어가는 음식들이 이리저리 부딪
쳐 완전히 난장판이 되었다.

기시혼의 손등에 핏줄이 하나둘씩 돋아났다.

그가 패천후를 보며 으르렁거렸다.

"나는 패 후배가 거짓을 말하는 게 싫소."

패천후가 팔짱을 끼며 피월려를 보았다.

"나는 피 선배가 술을 안 먹는 게 싫소."

피월려는 술잔에 손을 가져가며 말했다.

"나는 기 형이 무고한 여인을 살해하려는 게 싫소."

피월려가 술을 단숨에 들이켜자, 기시혼은 여인을 놔주었
고, 패천후는 그 여인이 상태를 슬쩍 보더니 퉁명스럽게 말하

기 시작했다.

"가주께서 보선 안에 들어가기 전, 마지막에 남기신 말에 화전(火箭)이란 단어가 있었소. 정확한 문장이 기억나진 않지만, 화전을 언급했다는 것만 생각나오. 아마 강 위에서 불화살로 보선을 불태워 침몰시키는 것이 좋다고 보셨나 보오. 술."

세 여인은 그의 말이 떨어지기 무섭게 술잔에 술을 따랐다. 기시혼에게 목덜미가 잡혔던 그 여인조차도 언제 그런 일이 있었느냐는 듯이 기시혼의 술잔에 술을 따랐다. 게다가 기시혼과 눈이 마주치자 웃어 보이기까지 했다.

시퍼런 멍이 들어가는 그 여인의 목덜미를 위아래로 훑어보며 기시혼이 중얼거렸다.

"차라리 그 표정에 속을 수 있었으면 좋았겠어."

패천후가 말했다.

"거슬리신다면 다른 아이로 바꾸겠소, 기 선배."

기시혼은 술잔에 손을 가져가며 말했다.

"어차피 이 자리에 있는 모든 사람의 살심이 늘어났으니, 이 아이 하나만 바꾼다고 될 일도 아니오. 건배나 하지."

기시혼이 술을 들자 패천후와 피월려도 같이 술잔을 들었다.

세 남자가 술잔을 비우자, 패천후 옆에 있던 미녀가 그에게 말했다.

"귀빈들께서 혀를 씻으셨으니, 이제 미인주를 맛보는 것이 어떻습니까?"

"오, 그래! 좋다. 혹 두 선배들께서는 미인주를 드셔본 적이 있소? 미인의 입에서 주향을 한껏 돋게 한 후, 그것을 받아먹는 것이오."

그것은 기방에서 흔히 하는 것으로, 돈을 많이 낸 손님들이 어디서 듣고 와서 기녀에게 꼭 한 번씩은 요구해 보는 것이다.

피월려는 침묵했다. 하지만 기시혼은 고개를 끄덕이며 말했다.

"적의 목을 잘라서 그 입에 술을 넣고 잘린 식도를 통해 술과 피 그리고 뇌수를 즐겨 먹던 형님 한 분을 아오. 하도 맛있게 먹기에 한번 같이 먹기도 했는데, 맛은 별로였소. 뭐 그런 것과 비슷한 것이로군."

"……."

"……."

"농이오. 심각하기는."

시종일관 웃음기로 일관하던 패천후도 차마 그 농담에는 웃지 못했다.

피월려가 물었다.

"정말 농이오?"

기시흔은 대답하지 않았다.

분위기는 더욱 얼어붙었다.

패천후는 두 사람의 눈치를 살피다가 곧 옆에 있던 미녀에게 말했다.

"자, 일단 두 형님들께 시범을 보여보거라."

그 미녀는 술잔에 술을 따르고는 입을 가리고 그 술을 먹었다. 그리고 입을 오물오물하면서 코로 취기를 뱉었다. 그러곤 패천후에게 가까이 다가가 그와 입을 맞추었는데, 그보다 조금 위에 위치해 입안에 든 술을 혀를 통해서 전해주고 있었다.

다소 색정적(色情的)인 그 광경을 보면서 기시흔은 살짝 미소를 지었다.

"피 형도 저게 보이면 좋겠소. 내가 뭘 묘사하는 재주는 없지만 한번 해보면……."

피월려는 자기 귀가 불쾌해지기 전에 먼저 기시흔의 말을 잘랐다.

"기방에서 흔한 것이오. 다 알고 있소."

미녀의 입속에서 마지막 남은 한 방울까지 모두 음미한 패천후가 마지막으로 여인의 입술을 빨곤 피월려에게 말했다.

"그건 제대로 된 기술도 모르는 기녀들이 그저 남정네들의 더러운 욕구를 충족시키기 위해서 수준 낮은 모방을 하는 것이오. 입과 혀 그리고 코를 통해서 제대로 술을 빚어낼 줄 아는 여인의 미인주는 그 맛 자체가 일품이오."

"그 말이 사실이라면 저리 아름다운 미녀가 아니라 수십 년간 그 기술을 연마한 노파에게서 술을 받아 드시오, 패 후배."

피월려의 일침에 패천후는 피식 웃으면서 말을 돌렸다.

"앞이 보이지도 않으면서 내 옆에 있는 여인이 아름다운지 아닌지는 어떻게 아시오, 피 선배?"

"눈으로만 아름다움을 느낄 수 있다면, 이 호화스럽고 사치스러운 생활도 무슨 소용이 있겠소?"

"······."

"······."

둘이 말이 없는 사이, 기시혼은 술병을 들고 그의 옆에 있던 여인에게 건네주었다. 그 여인은 웃으면서 그것을 받고는 입으로 머금으려는데, 기시혼이 툭하니 말했다.

"시퍼런 멍이 든 그 가느다란 목을 자르면 어떨까 하는 생각이 드는데… 그 아래로 흐르는 술도 미인주라 할 수 있지 않겠나?"

그 여인은 더욱 깊은 미소를 지으며 눈길을 돌렸다. 하지만 그 입과 눈의 끝이 파르르 떨리고야 말았다. 그리고 머금은 술을 자기도 모르게 꼴깍 삼켜 버렸다. 사실 지금까지 기시혼의 살기를 견디며 얼굴에 계속 미소를 띠우고 있었던 것만으로 그녀는 중원 제일의 기녀 중 하나라고 할 수 있었다.

피월려가 패천후를 보며 말했다.

"패 후배, 저 여인의 목숨에 별로 상관하지 않는다는 말이 사실이었소?"

피월려의 의도를 간파한 패천후가 어떻게 진실만을 이야기하며 그의 목적을 이뤄줄지 생각한 뒤, 답했다.

"물론이오. 설마 그 상황에 내가 거짓을 말했겠소? 하나, 그 여자의 밤 기술에 완전히 빠져들어 그 여자가 하는 말이면 처자식도 바칠 만한 자들이 있소. 개중에는 앞으로의 일을 수월하게 풀 수 있는 능력 있는 자들이 대부분이오."

피월려가 기시혼에게 고개를 돌렸다.

"아쉽지만, 이젠 내가 맡은 책략의 책임과 그 여인의 목숨이 상관이 있게 되었소."

기시혼은 입을 벌리고 숨을 훅 하고 내뱉더니, 여인이 반쯤 먹은 술잔을 낚아채서 단번에 비워 버렸다.

탁!

상 위에 술잔을 내려놓은 기시혼이 양 볼을 울퉁불퉁하게 씰룩거렸다.

"피 형은 정말이지 생명을 참으로… 참으로 귀히 생각하시는 것 같소."

비릿한 미소를 품은 기시혼의 몸에서 은연중에 살기가 흘러나왔다. 여인들의 얼굴은 점차 굳기 시작했고, 그에 맞춰 패천후도 속에서 내력을 끌어 올렸다.

피월려가 대답했다.

"그저 내 일이 망쳐지는 것이 싫을 뿐이오, 기 형. 나를 천살가에 입적시키려고 고생하신 가주님과 형주님의 기대에 어긋나면 되겠소?"

"……."

기시혼은 한동안 피월려를 노려보다가 곧 살기를 거두고는 술병을 낚아채 벌컥벌컥 들이켰다. 패천후는 한숨을 돌렸다는 듯 가슴을 누르며 내력을 진정시켰고, 피월려는 자기 술잔에 술을 따르며 그를 담당하던 미녀에게 말했다.

"미인주는 다음 기회에 부탁드리겠소."

피월려가 그렇게 말하곤 술을 입에 털어 넣자, 술병까지 비워 버린 기시혼이 자리에서 벌떡 일어났다.

"내가 할 일이 없겠군. 쉴 수 있는 방이나 알려주시오."

패천후는 포권을 취했다.

"천살가에 있는 것처럼 지내시오, 기 형."

기시혼은 알았다는 듯 손짓을 몇 번 한 후에, 터벅터벅 앞으로 걸어 나갔다. 그러자 다른 곳에서 시녀 한 명이 나타나

기시혼에게 갈 길을 보여주었다.

그가 사라지자, 목에 멍이 들었던 미녀가 피월려에게 공손히 절을 하며 말했다.

"소녀의 목숨을 살려주셔서 감사합니다."

피월려가 말했다.

"신경 쓰지 마시오. 술맛이 떨어질까 그런 것뿐이니."

"그렇다면 소녀가 응당히 더 좋은 술맛으로 보답해야 하지 않겠습니까? 소녀의 미인주를 거절치 마시지요."

"여인과 술에 취해, 내 이성을 흐리고 싶지 않소."

"정 그러시다면, 대화가 모두 끝난 뒤에 즐기시지요."

피월려가 다시 거절하려는데, 패천후가 먼저 말을 뺏었다.

"이후에 생각하시오, 피 선배. 지금은 일을 논하도록 합시다. 그런데 그 전에, 기 형은 왜 저런 것이오? 폭력적인 거야 천살성이니 그렇다 쳐도, 그 살기가 노골적으로 피 형을 향해 있던데……."

피월려가 조용히 대답했다.

"정확한 건 모르겠소. 나도 처음 보는 모습이오. 아마 이 일을 내게 빼앗긴 기분이 들어 그런 듯하오. 머리론 이해했지만, 마음이 다 이해하지 못한 것이지. 내게 술과 여자를 낭비하지 마시고 기 형에게 베풀어 그 마음을 풀어주시오."

패천후는 뒤를 슬쩍 보았고, 세 명의 여인들은 모두 작게 고개를 흔들었다.

그는 턱을 만지작거리며 말했다.

"흐음… 기 선배 방에 여자를 들여보냈다가 죽어서 나오는 거 아니오?"

"천살가에서 그나마 덜 폭력적인 사람이오. 이번 일의 중요성도 잘 인지하고 있고. 무례하게 행동하지 않는 한 그럴 일은 없을 거요. 우선 가주께서 남궁세가의 물길을 바꾸게 한 이야기부터 합시다, 패 후배. 내가 부탁드린 대로 가주께서 파양채에 직접 가셨소?"

패천후는 기시혼이 사라진 방향으로 시선을 던지다가 곧 관심을 끊었다.

"우리가 파양채의 위치를 재공하자마자 그 길로 나섰었소."

"흐음. 역시 과감하신 분이군."

"분위기가 이상하게 식었으니, 동생이 한번 띄워보겠소!"

그렇게 말한 패천후는 어정쩡하게 반쯤 일어나 멀리 손을 뻗었다. 그러곤 상 위에 어질러진 음식 중 하나를 손으로 집어먹으며 이야기를 시작했다.

수평선이 보이는 넓디넓은 파양호!

바다의 파도보다 더한 것이 몰아치는 그곳을 감히 호수라 칭하다니!

그 넓디넓은 파양호!

그곳엔 누구도 정확한 위치를 모르는 신비의 인공 섬 파양채가 있으니!

범인이라면 존재조차 모르며 무림인이라도 평생 가볼까 말까 한 그곳!

그 인공 섬을 지배하는 파양채주는 당대 최고의 고수 중 하나!

대장강십팔수로채 파양채주 상노호!

그의 별호는 수검귀흔(水劍鬼痕)!

"흐음, 정 선주를 그렇게 안 봤는데. 참 꼼꼼하게 보고했나 보오?"

"상단 내에서 정 선주만큼 보고서를 기가 막히게 잘 쓰는 사람도 없소. 내가 알기론 그때 일을 담은 보고서가 아마 책자 하나 정도 되는 분량이었을 것이오."

"……"

"솔직히 나도 다 대충 읽었소만, 별호는 마음에 들었는지 기억에 남더이다. 참으로 잘 지었소."

"알겠으니 계속하시오."

오오오!

수검귀흔 상노호!

강서무림에서 파양채주라고 한다면 그 이름만 들어도 오줌을 지린다!

그런 그가 심신이 노곤하여 밤바람을 쐬려고 인공 섬 갑판 위로 모습을 드러냈다.

오오오!

인상은 범의 그것이오! 눈빛은 늑대의 그것이니!

이 넓은 중원에서도 그에게 대적할 자를 찾기란 불가능에 가깝도다!

그런 그가 어째서 왜 근심에 쌓여 있는가?

그는 땅이 꺼져라 한숨을 쉬더니 밤하늘에 높게 치솟아 떠 있는 보름달을 올려다보았다. 그런데 갑자기⋯⋯.

"보름이 지난 지 닷새요. 보름달은⋯⋯."

"아, 다른 건 다 건너뛰고 뭐 그런 걸 신경 쓰시오? 그냥 들으시오, 선배."

"⋯⋯."

그런데 갑자기 보름달에 금이 가는 것이 아닌가!

범의 그것을 닮은 그 파양채주의 눈동자가 부릅!

초점이 모아지며 갈라진 보름달을 자세히 들여다보니⋯⋯.

아니, 이럴 수가!

글쎄 그것은 금이 아니라 검은 인형(人形)이었던 것이다!

감히 누가 대장강십팔수로채 파양채주 상노호가 다스리는 인공 섬에 침입을 한단 말인가!

그 인형의 형태는 급속도로 커져 곧 파양채주의 모습과도 같아졌으니.

파양채주는 단전으로부터 진기를 끌어 올려 범처럼 손을 뻗었다.

콰콰쾅!

오오오!

그 놀라운 장풍을 보라!

그것이 생성된 그 순간 보름달이 터졌다!

아니다!

터진 것은 바로 검은 인형의 소맷자락!

가공할 그 장풍은 검은 인형의 손에 붙잡혔다.

아니, 장풍이 무슨 조약돌이라도 된단 말인가?

그것도 대장강십팔수로채 파양채주 수검귀혼 상노호의 장풍이!

"그 긴 호칭은 대충 생략하시면 안 되오?"

"너무 남발했소? 흐음… 청자의 말을 무시해선 좋은 화자가 될 수 없지. 알겠소, 생략하겠소."

그것도 수검귀흔 상노호의 장풍이!

한 가지 확실한건 산도 부수고 바다도 가르는 그 장풍!

그것은 검은 인형에겐 그저 어린아이가 던진 조약돌에 지나지 않는 것이다.

인공 섬 위에 착지한 검은 인형은 긴 백색 수염을 쓸어내리며 자신을 소개했다.

'천살가의 가주 돈사하라고 하오. 강서무림의 제일고수인 수검귀흔을 뵈오!'

그 말을 들은 순간 상노호의 범과 같던 눈빛에 이채가 서렸다.

그럴 수밖에……

천살가.

그들은 강서무림, 아니! 강서무림을 넘어서 전 중원에……

"그래서 가주님께서 내가 부탁드린 대로 직접 파양채로 가서 남궁세가의 물길을 바꾸라고 요구했고, 파양채주의 반응은 어땠소?"

"……"

양 소매까지 걷어붙이고 하늘 높이 손을 올리며 이야기를 선포하던 패천후는 자기 이야기를 잘라 버린 피월려를 떨떠름한 표정으로 바라보았다. 그의 맞은편에 앉아 상 위에 양팔로 고개를 받치며 몽롱한 눈빛으로 패천후의 이야기를 듣던 세 미녀들도 날카로운 눈빛으로 피월려를 노려보았다.

패천후는 헛기침을 했다.

"크흠. 그, 피 선배는 이야기를 듣는 걸 별로 안 좋아하나 보오?"

"술을 좋아한다고 해서 세상의 모든 술을 좋아할 순 없는 것 아니오? 그 술의 맛과 향에 따라 호불호가 다르듯, 내가 패후배의 이야기를 좋아하지 않는다고 해서 이야기를 듣는 그 자체를 싫어한다곤 말할 수 없을 것이오."

"장황하게 말했지만, 내가 실력이 안 좋다는 말 아니오?"

"그렇소."

"……."

패천후가 혀로 입술을 쓸자, 미녀 한 명이 얼른 쪼르르 달려가 그의 술잔에 술을 담았다. 그는 피월려에게 시선을 고정한 채로 술을 들이켰다.

마음이 상했는지 패천후가 입술을 내밀며 말했다.

"말은 안 했지만, 내 친아비가 이야기꾼이었소. 그래서 재능은 있다고 자부하오."

"나도 사냥하는 재주는 있소. 그런데 말이오. 한 번은 사천에서 누굴 사냥할 일이 있었는데 우습게도 그 재주를 영 써먹지 못했소. 이미 무공이라는 더 좋은 도구를 얻어서인지, 사냥의 재능을 제대로 활용하지 못한 것이오."

패천후는 피월려가 무슨 말을 하는지 몰라 옆을 보았는데, 옆에 있던 미녀가 '아버지가 사냥꾼인가 봐요'라고 입 모양으로 알려주었다.

패천후가 물었다.

"아. 아버지가 사냥꾼이셨소? 그런 정보는 없었는데, 흐음."

피월려는 고개를 끄덕이며 말했다.

"아마 패 후배에도 이야기하는 재능은 있지만, 그보다 더 좋은 도구가 있어 그 재능을 활용하지 못하는 것이 아닌가 싶소."

"그게 무엇이오?"

"얼굴."

"얼굴?"

"얼굴이 그리 잘생기셨으니, 쓰레기 같은 이야기를 해도 여인들이 까르르 웃어줄 것이오. 그러니 재능을 갈고닦을 기회가 어디 있겠소?"

패천후는 묘한 깨달음에 허무한 눈길로 세 명의 미녀를 보았는데, 그녀들은 모두 난감한 표정을 짓고 말았다. 그것을 보고 피월려의 말이 사실인 것을 깨달은 패천후의 눈빛에서 그 허무함이 얼굴 전체로 퍼져 나가 표정이 멍하게 변했다.

"그, 그런 것이냐? 지금까지 실컷 떠들었는데 그 엄청 웃었잖아? 어떤 날은 밤이 새도록……."

여인들은 아무런 말을 하지 않고 그저 고혹적인 미소만 지었다. 패천후는 점점 민망해져 스스로 말을 거두었다. 그러다 문득 의문이 들어 물었다.

"내가 잘생겼는지 아닌지는 어떻게 아시오? 역시 특이한 안공을 익히신 것이오?"

"눈으로만 아름다움을 느낄 수 있다면, 이 호화스럽고 사치스러운 생활도 무슨 소용이 있겠소?"

"……"

전과 똑같은 질문과 답이었지만, 이번의 아름다움은 자신을 향했다는 점이 묘하게 마음에 걸린 패천후가 이상야릇한 기분을 느껴 이렇다 할 대답을 찾지 못했다.

피월려가 술잔으로 목을 축이곤 말했다.

"세 미녀분들께서 수고가 많소. 패 후배의 얼굴이 보이지 않는 내가 냉정하게 평가했을 때, 패 후배는 이야기꾼의 자식이라 말할 수 없을 정도로 그 실력이 너무 형편없소. 이제부턴 생판 모르는 사람을 불러다가 가면을 쓰고 해보시오. 그럼 거울을 보는 것처럼 확실히 알 수 있을 것이오."

"……"

"그래서. 파양채주는 어떻게 나왔소?"

패천후는 아랫입술은 깨물더니, 부리부리한 눈빛으로 세 미녀를 노려봤다. 세 미녀는 잽싸게 그의 눈길을 피하며 딴청을 피웠다. 어질러진 음식을 치운다든지, 술병을 흔들며 양을 확인한다든지.

그가 말했다.

"가주의 실력 행사에 새파랗게 질린 파양채주는 결국 가주의 요구를 수락했소. 그가 직접 남궁세가와 만나서 물길을 바꾸자고 조언했지."

"역시 양육강식의 흑도무림이군. 실력 행사가 답이요, 역시."

"하지만 한 가지 조건이 있었소."

"파양채주가 말이오? 무슨 조건이었소?"

"남궁세가의 전멸."

"……."

"보선을 주고 물길을 바꿀 정도로 이번 일에 직접 개입했으니, 남궁세가의 보복이 두려웠을 것이오."

"그건 천포상단도 마찬가지 아니오? 천포상단에서 보선을 준비했으니, 사건이 터지면 천포상단 또한 책임을 회피할 수 없을 것이오."

"그거야 사천에서 독물을 준비했을 때부터 면피할 생각은 없었소."

"그럼 천포상단도 남궁세가의 전멸을 조건으로 천살가를 도와주는 것이오?"

"내가 왜 천살가를 도와주는지는 오로지 천살가의 가주와 상의할 일이오. 가주께서도 내게 그리 명시하셨소."

확실히 돈사하는 천포상단과 천살가 간의 어떠한 거래가 이뤄져서 협력하게 되었는지를 피월려나 기시혼에게 알려주지 않았다.

피월려가 말했다.

"하지만 내가 그걸 의심하는 한, 천포상단의 도움을 완전히 신뢰하지 못할 것이오. 파양채 위에서 불미스러운 일도 있었고 말이오."

패천후가 갑자기 양손을 앞으로 뻗으며 마구 흔들었다.

"그 이야기가 나올 줄 알았소. 정 선주도 나한테 많이 섭섭해했고. 그 일은 내가 깔끔하게 사죄드리고 싶소. 천살가에 대항하려고 그 계획을 짠 건 절대로 아니오. 오히려 나는 천살가가 남궁세가의 소가주를 죽이거나 혹은 인질로 잡아서 흑백대전에 우위를 잡았으면 하는 마음에서 그렇게 했소. 거짓을 볼 수 있으니, 내가 진실을 말하고 있음을 알 것이오."

확실히 그의 마음에 거짓은 없었다.

피월려가 말했다.

"좋소, 그 부분은 넘어가도록 하고. 남궁세가에선 물길을 바꾸자는 파양채주의 말에 어떻게 반응했소?"

"오늘 아침에 소식이 왔소. 그 의견에 순순히 따르겠다고 했다 하오. 좀 더 과감한 움직임으로 앞으로 합류할 무림맹 제삼군의 사기를 끌어 올림과 동시에 제삼군 전체의 지휘권을 강력히 주장하기 위함이라 했소. 또한 호강채의 물길보단 파양채의 물길에 있는 것이 더 좋다고 생각하여, 파양채 안쪽으로 더 들어온다는 것이오."

"흐음. 너무 순조로워서 의심스럽군. 속내가 있지 않겠소?"

"내 예상으론 속전속결이오. 서신에는 호구에서 떠나 파양호 북쪽에 있는 도창(都昌)에 정박한다고 하지만, 속내는 그대로 남창까지 들어와 천살가를 공격할 것이오. 바로 머리를 쳐서 멸문시킨 뒤에, 강서무림을 장악하겠다는 속셈이오."

피월려는 남궁세가의 과감함에 놀라지 않을 수 없었다.

"천살가에서 하루 거리인 도창에 정박하겠다는 결정도 극도로 위험한 도박 수이오. 한데 바로 남창까지 들어온다? 그 정도로 위험천만한 선택을 하겠소?"

"남궁세가가 저번의 일로 인해서 파양채를 완전히 신뢰하는 것도 이유이지만, 더 큰 이유는 바로 남궁세가의 가주 창천호검(蒼天浩劍) 남궁서의 자신감이 하늘을 찌르고 있다는 점이오."

"자신감?"

"그가 본 실력을 숨기고 있다는 첩보가 있소."

그는 대외적으로 초절정으로 알려져 있다. 그런데 본 실력을 숨기고 있다는 뜻은 바로 한 가지밖에 없다.

피월려는 입을 살포시 벌리며 물었다.

"설마 입신에 들었다는 뜻이오?"

"그건 모르겠으나 적어도 스스로는 그렇게 믿고 있는 것 같소."

"……"

공인된 조화경의 고수는 단 한 명이다.

천하제일고수 이소운.

하지만 넓은 중원엔 그 의외에도 자기가 입신에 들었다고 믿는 자들이 많았고, 또 실제로 들었을지도 모르는 사람들도 있겠지만, 아직까지 중원의 공인을 받을 정도로 입신의 무위를 여러 차례 선보이며 오랫동안 살아남은 사람은 없다.

피월려는 그 이유를 알 것 같았다.

보선에 홀로 숨어들어 남궁세가 전체를 상대하겠다는 돈사하.

쉬지 않고 배를 타고 내려온 그대로 천살가와 전쟁을 치루겠다는 남궁서.

딸을 등에 업고 천마신교의 천라지망에 홀로 뛰어든 진파진.

자기 목숨을 살리고자 사천당문에 혈겁을 일으킨 가도무.

마공의 끝을 봤다 생각하여 천하제일고수와 일대일 격전을 벌인 성음청.

그뿐이랴, 시간이 지나면 입신에 올랐겠지만 섣불리 갈망하다 죽은 태을노군 같은 자들도 수두룩하다.

그리고 나지오······.

게다가 이소운도 결국 죽지 않았는가?

똑같다!

모두 똑같다!

그 지고한 경지에 올라서고도 그토록 어리석다니!

피월려는 웃었다.

"하, 크하하! 하하! 크하하!"

순간 그의 몸에서 뿜어져 나온 살기에 패천후는 숨이 턱 막히는 것 같았다. 양팔과 다리가 태풍 앞에 사시나무처럼 떨려 제대로 몸을 가눌 수 없었다.

털썩.

세 여인은 동시에 기절하여 상 위에 고개를 떨어뜨렸다.

하지만 피월려는 웃음을 멈추지 않았다.

"크하하! 하하하!"

무릉도원과도 같았던 그 정원의 식물들이 하나둘씩 그 푸른빛을 잃어갔다.

몇십 년간 기술을 연마한 장인이 심혈을 기울여 만든 돌상들에 금이 갔다.

피월려의 몸에서 뿜어진 가공할 살기는 산 것과 죽은 것을 구분 없이 죽였다.

신살(神殺).

패천후는 마치 간질에 걸린 것처럼 떨리는 육신의 통제를 포기했다. 그의 얼굴은 광기스러운 웃음으로 채워졌다. 그리고 피월려를 바라보는 그의 눈빛은 이 세상에서 가장 탁하고 일그러진 질투심으로 물들기 시작했다.

제일백삼장(第一百三章)

그 시각 이후로 기시흔은 조금도 피월려와 패천후를 도와주지 않고, 술과 여자로 시간을 보냈다. 계획을 짜는 데 있어서 도움을 청하는 피월려의 부탁에도 기시흔은 손을 내저으며 귀찮다고만 했다.

그래도 피월려가 외부로 나갈 일이 있으면 어김없이 따라나섰다. 항상 표정과 말로 피월려가 싫다는 것을 노골적으로 표현했지만, 그의 신변을 보호해야 하는 자신의 임무까지 저버리진 않았다.

다음 날 아침.

천포상단의 은거지에서 출발한 마차 안에 피월려와 기시혼이 앉아 있었다. 마차는 천포상단의 마차답게, 셀 수도 없이 많은 값비싼 장식품과 살결과 닿아도 잘 느껴지지 않을 만큼 한없이 부드러운 비단으로 가득 차 있었다.

패천후가 준 비단옷과 패물을 착용한 그들은 마치 도심에 구경 나온 황족과도 같았다. 평생 처음 느껴보는 옷감이라, 이리저리 옷깃을 계속해서 만지던 기시혼은 곧 흥미를 잃었는지, 손을 내리곤 창밖을 보았다.

그가 관자놀이를 짚으며 나지막한 목소리로 말했다.

"흠. 어제도 하루 종일 여기저기 쏘다니더니, 오늘은 아침부터 어디로 가는 것이오?"

그때 이후로 기시혼이 한 번도 먼저 말을 걸지 않았기에 피월려는 그의 질문이 반가웠다.

"화전술(火箭術)이 간단한 일처럼 보여도, 이것저것 할 일이 많소. 때문에 만나야 하는 사람도 많고. 한데 자고 나니 기분이 좀 나아지셨소?"

기시혼은 입술을 비틀었다.

"흥. 여전히 더럽소. 한낱 여자한테 그렇게 살심이 폭발(暴發)한 것도 짜증나고. 지금도 가주님의 명령엔 불만이오."

"그런 마음임에도 무의미한 살생을 참아주셔서 다행이오."

"하. 그야 그 독우를 죽였어도 전혀 기분 전환이 되지 않았

었기에 더 죽이지 않은 것뿐이오. 만약 살인으로 기분 전환이
되었으면, 도심에서 적당히 떨어진 촌락가로 가서 진작 시산혈
해를 만들었을 것이오."

"……."

"그. 구양액인가 뭔가 하는 그 술에서 오는 취기가 은근히
나와 잘 맞소. 오늘 밤에도 돌아가면 난 그거나 진탕 먹고 잠
이나 잘 거요. 그러니 계략을 짜는 거든 뭐든 알아서 하시오."

"난 기 형을 귀찮게 할 생각이 없소. 다만 불필요한 살인으
로 인해 천포상단주와 껄끄러운 관계가 되기 싫어서 그랬소."

"그깟 여인 몇 명 죽인다고 무슨 껄끄러운 관계가 된다는
것이오? 우린 천살가이오. 수틀리면 몇 명이고 죽여 버려도
천살성이니 그런 것이다 하고 그쪽에서 알아서 이해할 것이
오."

"그건 천살가의 힘이 견고할 때의 이야기이오. 지금은 격동
의 시기. 무림맹의 주축이자 오대세가 중에서도 상위에 손꼽
히는 남궁세가가 강서무림을 침범하고 있소. 그동안 천살가가
쌓아둔 업보가 현실이 될 수도 있는 상황. 이런 상황에선 전
처럼 기분 내키는 대로 힘을 사용해선 안 되는 것이오."

기시혼은 피월려와 업보에 대해서 다시 이야기하고 싶지 않
았다. 피월려의 논리를 이기지도 못할 것이거니와 그를 이긴다
고 해도 어차피 피월려가 책략에 있어 전권을 가지고 있는 이

상 더 달라지는 것이 없었기 때문이다.

기시혼이 다시 관자놀이를 집으며 표정을 찡그렸다.

"피 형은 좋겠소. 항상 남들의 부러움을 한 몸에 사니."

피월려는 갑작스레 뒤어나온 그의 솔직한 말에 무슨 대답을 해야 좋을지 감이 오지 않았다.

그는 적당히 예의를 차렸다.

"무공도 전부 잃어버리고 눈까지 장님이오. 내게 무엇을 부러워하는지 모르겠소."

"정말 그렇다면, 그 여유는 무엇이오?"

"여유?"

"아니, 여유라고 하기도 뭣하오. 그건 단순히 믿는 구석이 있어서 생긴 여유가 아니오. 정말 아무것도 없지만, 그래도 주변 환경에 초연한… 평정심 같은 것이오. 그것 때문에 오히려 피 형에겐 항상 무언가 있는 것처럼 느껴지오. 아니, 실제로 있는 것 같소. 그 느낌 때문에 다들 부러워하는 것 같고."

"……"

"아무것도 없는 것 같으면서 뭐라도 있을 것 같은 이상한 분위기를 가지고 있소, 피 형은."

확실히 구양액이 좋은 술이긴 한 것 같다.

기시혼같이 솜처럼 마음을 내비치지 않는 사람이 나음 널 아침이 되어서도 진실을 토해내게 만드니 말이다.

피월려는 턱을 매만졌다.

"난 평생 남을 부러워하며 살았소. 낭인 시절엔 제대로 된 내공이 없어서, 내력을 가지고 검공을 익힌 자들을 보며 항상 부러워했소. 하지만 그 사실을 치기 어린 자존심 때문에 인정하지 않았지. 그런 내가 고작 이 년이란 세월이 흘러, 당대 최고의 기재들에게 부러움을 사고 있소. 솔직히 어떻게 인생이 이리 흘렀나 싶소."

사실 기시혼도 그 말에 공감하는 부분이 있었다.

형님의 오성 앞에서 짓눌린 채 살았던 동안에는 오로지 형을 향한 질투심밖에 느끼지 못하며 살았다. 그러다가 천살가의 입적하고 강서무림을 돌며 천살가를 대변하기 시작하면서부터 수많은 사람들의 부러움을 사기 시작했다.

평생을 부단히 노력하여 자기만의 중소문파를 가지게 된 문주들도 그를 함부로 하지 못한다. 삼십 년간 강서성을 돌보며 황제처럼 권력을 휘두르는 태수도 그를 함부로 하지 못한다. 심지어 다른 천마신교의 마인들조차도 그에게 함부로 하지 못한다. 그러니 수많은 인재들과 기재들이 기시혼을 보며 얼마나 부러워했겠는가?

기시혼이 물었다.

"피 형에게도 부러운 사람이 있소? 앞에 두고 좇는 사람이 있소?"

피월려가 대답했다.

"두 명이 있었소."

"있었다?"

"하지만 둘 나 죽었다고 할 수 있소."

죽은 것이면 죽은 것이지 죽었다고 할 수 있다는 말을 무슨 뜻일까?

기시혼은 더 묻고 싶었지만, 피월려의 표정을 보곤 더 묻지 않았다.

피월려가 말을 이었다.

"기 형에겐 있소?"

"나도 두 명이 있었소. 내 경우에는 둘 다 죽었소. 아, 한 명은 피 형이 한 말처럼 '죽었다고 말할 수 있다'라고 말해야 할 것이오. 그런 의미였군."

"……"

"하지만 좇기엔 아직 너무나도 먼 존재들이오. 그들이 멈추어 서 있는 곳조차도 아득하오. 내 오성으로는 도저히 감당할 수 없는 자들이지."

"그래서 사람의 오성에 매달려 연구를 한 것이오?"

기시혼은 고개를 몇 번이고 흔들며 말했다.

"그 시절을 떠올리고 싶지 않소. 겨우 나스린 짐승이 깨어나는 기분이오."

그렇게 말한 기시혼은 잠시 말이 없었다. 때문에 피월려는 명상을 하려고 했는데 그가 갑자기 말을 꺼냈다.

"그래서 지금 가는 곳이 어디오? 그걸 답해주지 않았소."

피월려는 웃음이 났지만, 참으며 대답했다.

"이번 일에 필요한 물건과 정보는 어느 정도 모였소. 이제 제때 받기만 하면 되는 실정이오. 하지만 한 가지 확실히 정해지지 않는 것이 있소."

"흐음."

"전에 나를 그토록 시험했던 기 형이 생각나오. 그러니 이번엔 내가 기 형을 시험해 보고 싶소. 무엇인 거 같소?"

기시혼은 피식 웃고는 말했다.

"물건과 정보가 모였다면 남은 건 그걸 쓸 사람이겠지. 화전술을 쓸 생각이니, 궁수들을 모을 생각이오?"

피월려도 빙그레 웃었다.

"하, 거의 맞히셨소. 그러나 딱 하나 틀린 점이 있소."

그건 기시혼이 전에 피월려에게 했던 말이었다.

기시혼은 입꼬리를 올리며 팔짱을 꼈다.

"모르겠으니, 괜히 묻지 마시고 그냥 알려주시오."

역시 기시혼도 피월려가 한 말을 그대로 따라 했다.

피월려가 소리를 내고 웃었다.

"하하하. 이토록 흥미로운 대화 상대를 언제 만나보았는지 기억나지 않는군."

피월려의 말을 듣고 기시혼의 표정이 이상야릇해졌다.

"아, 내가 그런 말까지 했었소?"

피월려가 되물었다.

"하지 않았소? 나는 그리 기억하는데?"

"……."

"뭐, 잡담은 여기까지 하고. 궁사를 구하러 가는 것이 아니오."

기시혼은 께름칙한 기분을 느꼈지만 애써 무시하곤 물었다.

"궁사가 아니라면 화전술을 어떻게 쓸 수 있단 말이오?"

피월려는 덩달아 팔짱을 껴 보였다.

"그런 뜻이 아니오. 궁사는 이미 구했소. 다만 다른 쪽에 인원이 필요한 것이오."

기시혼은 피월려가 자기를 완전히 놀리고 있다는 사실을 뒤늦게나마 깨달았다.

그는 얼굴을 찡그리며 창밖으로 시선을 던졌다.

"됐소. 장단에 놀아날 생각 없으니, 말하기 싫으면 하지 마시오."

"하하하."

"그나저나 만약을 위해서라도 패 단주가 뭘 하는지는 알아야겠소. 지금 그는 무엇을 하고 있소?"

"그것도 한번 맞춰보시오, 기 형."

피월려의 가벼운 말투에 기시혼은 한숨을 깊게 내쉬었다.

"후, 피 형. 복수는 그만하면 되지 않소?"

피월려는 기시혼의 마음속에서 한껏 다스려진 살심이 다시금 일어나려는 것을 느꼈다. 겉으론 다 넘어간 것처럼 보이지만, 사실 기시혼은 언제라도 터질 수 있는 화약고 같은 상태다.

피월려는 말속에서 장난기를 뺐다.

"아까 말한 물품과 정보. 이 둘이 준비되는 것을 점검하기 위해서 움직이고 있소. 정확한 일정은 모르나, 화살과 기름 그리고 화약 및 물길까지도 점검하고 있을 것이오."

"피 형은 사람 쪽을 맡았군. 오히려 반대로 움직였어야 하는 것 아니오?"

"이미 이야기는 다 끝이 난 상태이오. 단지 천포상단의 일이 정말로 천살가와 관계된 것인지 확인을 바라는 신중한 자들이 있소. 그것을 위해서 내가 직접 방문하여 천살가의 일임을 확인시켜 주는 것뿐이오."

기시혼이 감탄하며 말했다.

"그날 하루 만에 일을 전부 성사시켰나 보군. 정말 대단하시오."

"오늘 안으로 모두 안배되어야만 하오. 새로 들어온 첩보에 의하면 남궁세가에서 모레 정오에 보선에 탑승한다고 하오. 그러니 서둘러 일을 진행하지 않으면 절대로 제시간에 맞출 수 없소."

"그 정보도 천포상단에서 온 것 아니오?"

피월려는 기시흔이 무엇을 말하고 싶어 하는지 알 것 같았다.

피월려가 물었다.

"천포상단을 의심하시오? 천포상단과의 협력은 가주께서 이끌어낸 일이오."

피월려의 지적에도 기시흔은 냉정한 어조로 말했다.

"아무리 가주님이라고 할지라도 심계에 능한 건 아니오. 실제로 내가 천살가에 온 뒤로부턴 외부적인 일을 내게 일임하셨소. 가주님의 무력을 의심하는 것은 절대 아니지만, 심계까지 전적으로 신뢰하지는 않소."

피월려는 기시흔을 안심시켰다.

"패 단주는 호탕하고 사치스러운 남자임이 틀림없소. 하지만 그만큼 자존심이 강해 한번 자기가 입으로 내뱉은 말을 지키지 않을 성격이 못 되오. 하루지만 그동안 같이 일을 짜면서 느낀 것인데, 그는 이번 일에 정말로 성심성의(誠心誠意)를 다하고 있소. 마치 내가 아니라 본인이 천살가의 사람인 것처럼 말이오."

"그의 목적이라도 알아야 마음이 편하겠소. 피 형은 가주께서 무엇을 약속하셨다 생각하시오?"

그건 피월려도 알고 싶은 점이었으나, 패천후는 그것이 피월려의 일이 아니라고 못 박았었다.

피월려는 자신의 예상을 말했다.

"그것까진 알지 못하나, 패 단주가 왜 이렇게까지 협조하는지는 알 것 같소."

"그럼 그건 무엇이오?"

"천포상단의 입장에서 가장 좋은 흑백대전의 결과는 남궁세가와 천살가 양쪽 세력이 모두 약화되는 것이오. 그렇게 되면 양쪽 연합이 느슨해져 장기전이 될 가능성이 크고 각 세력 간의 이해관계가 복잡해질 것이오. 그 상황만큼 물건을 팔아먹기 좋은 상황도 없겠지. 천포상단은 그것을 우선적으로 노릴 것이오."

기시혼은 두 눈에 의문을 담았다.

"그래서 천살가를 도와준다? 그게 무슨 뜻이오?"

피월려는 양 검지를 서로를 향해 뻗고는 그 끝을 부딪치며 설명했다.

"양패구상을 위해선 우선 양쪽이 호각을 이뤄야 하오. 즉 천포상단에서 천살가를 도와주며 양패구상을 노린다는 말은 바로 천살가가 이번 초전에 있어서 불리하다는 판단을 내렸다는 뜻이오. 가장 치열한 싸움이 되게, 저울의 추를 맞추듯 말이오."

기시혼이 그 말을 들은 즉시 그의 몸에서 살기가 흘러나왔다. 더 이상은 참지 못한 것이다.

"감히! 패 단주가 천살가를 남궁세가보다 아래로 봤단 말이오?"

"진정하시오. 그건 다 그럴 만한 이유가 있어서 그렇소."

기시혼은 인상을 쓰며 물었다.

"그 이유가 무엇인데 그렇소? 뭐, 남궁세가에 입신의 고수라도 있다는 말이오?"

피월려는 살짝 고개를 끄덕이는 것으로 대답을 대신했다.

그러자 기시혼의 몸에서 뿜어져 나오던 살기가 서서히 줄어들었다.

"정말이오?"

피월려는 한 번 더 끄덕였고, 기시혼의 몸에선 더 이상 살기가 나오지 않았다.

기시혼이 입을 벌리고 충격에 젖어 있자, 피월려가 말했다.

"하지만 패 단주가 한 가지 모르는 점이 있소."

"아. 더 안달 나게 하지 말고 그냥 말하시오, 피 형."

피월려는 기시혼을 바라보며 빙그레 웃었다.

"내 추측이지만, 가주님께서도 입신에 드셨을 수 있소."

"가, 가주님께서?"

"그래서 실력을 확인해 보고자 홀로 보선에 잠입하려 하신 것 같소."

기시혼의 턱이 완전히 벌어져, 다물어지지 못했다.

＊　　　　＊　　　　＊

마차는 성자에서 북쪽에 위치한 선착장에 멈춰 섰다. 힘이 좋은 젊은 어부들은 이미 새벽부터 장강 혹은 파양호로 나갔고, 나이가 들어 어업을 더 할 수 없는 늙은 어부들만이 사공(沙工) 노릇을 하며 푼돈을 벌려고 강을 건너려는 사람들을 하염없이 기다리고 있었다. 하지만 배를 이용하려는 사람에 비해서 사공이 많다 보니, 다들 선착장 중앙에 마련된 노름판에 모여 바둑을 두거나 도박을 하는 것이 일상이었다.

그중 다른 노인들보다 항상 두 배 이상이나 높은 요금을 받는 노인이 있었다. 안 그래도 다른 사공들이 많은데, 그런 이상한 자존심을 부리는 그 노인의 배에 누가 타겠는가? 성자에 처음 와본 사람이, 그 넓은 선착장에서 처음 말을 건 사공이 하필 그 노인이며, 다른 사공에게는 요금을 물어보지 않고 바로 배에 타는, 그 놀라운 불운을 타고나야지만 가능할 것이다.

그 횟수는 많아봤자 보름에 한 번. 한 달 내내 뭍을 떠나지 않은 적도 부지기수다. 그러다가 물길을 잊어먹는다고 다른 사공들이 충고해 줘도 그 노인은 쇠고집을 꺾지 않고 항상 노름판을 기웃거렸다. 그나마 그 허송세월 속에도 배우는 게 있는지, 지금은 돈을 잃는 날보단 얻는 날이 많아 그것으로 생활하고 있었다.

오늘도 어김없이 그 노인은 노름판에 있었다.

노사공(老沙工)들이 벌인 작은 노름판에서 어부들이 모은 생선의 뼈를 긁어모아 만든 마작패가 나무판 위에서 춤을 추며 오갔다. 가난한 사공들의 노름판이라 판돈이 코흘리개의 용돈보다 못한 수준이었지만, 그들은 마치 천금 만금이라도 되는 것처럼 시퍼렇게 변한 얼굴로 진지하게 임했다. 그 험악한 분위기 속에서 장난질이라도 쳤다가는, 전신으로 쏟아지는 삿대에 온몸에 시퍼런 멍이 들고 한동안 자리에서 일어나지도 못할 것이다.

그 노인을 포함한 네 명의 노사공이 서로 눈치를 보다가 패를 보였다. 이번에도 어김없이 그 노인이 이겼다. 세 명의 사공에게는 실망한 표정이 역력했고, 그 노인의 얼굴은 햇살처럼 환하게 변했다. 엿가락 하나도 바꿔 먹을 수 없을 정도로 작은 푼돈을 품속에 넣으면서 그 노인은 만족한 듯 비소를 지었다.

그때, 그 노인의 눈길에 천포상단의 마차가 들어왔다. 그러자 그 노인의 눈빛이 차갑게 가라앉았다.

그 노인은 옷가지를 정돈하며 자리에서 일어나자, 돈을 잃은 세 명의 노사공들이 소리를 질렀다.

"이봐, 학공(鶴工)! 돈 따고 떠나긴가!"

"뭐 하는 짓이야! 갈 거면 그 돈은 내려놓고 가!"

"어허! 갑자기 왜 이래 학공!"

학공이라 불린 그 노인은 그 말들을 모두 무시하곤 자기 삿대를 집어 들었다. 그러곤 툭하니 말했다.

"다음에 함세. 하도 강가에 나간 지 오래되서 강 냄새가 그리워졌어. 오늘은 나가야겠어."

그 말을 들은 세 명의 노사공들의 표정이 살짝 굳었다. 학공이 강 냄새가 그립다고 할 땐, 그의 걸음을 막을 수 없었기 때문이다.

학공은 서서히 천포상단의 마차에 다가왔다.

기시혼이 문을 열자, 그 앞에 학공이 있었다.

"이야. 제 무식한 머리로는 어디의 귀한 분인지는 모르겠습니다만, 정말 황실의 황족과도 같은 기품이십니다! 아, 혹시 강을 건너려고 하십니까?"

그 안에서 피월려가 말했다.

"노인장이 학공이라 불리는 사공인가?"

"예. 여기저기서 학공이라 불리곤 있습니다만."

"석도(石島)까지 감세."

"……."

"갈 수 있겠는가?"

영업을 위해서 억지로 진 미소가 서서히 옅어졌다. 그의 표정이 아무런 감정도 담지 않게 되었을 때, 그가 고개를 숙였다.

"따르시지요."

피월려가 자리에서 일어나자 기시혼이 그를 부축하여 학공을 따라갔다. 선착장 한쪽에 정박한 그의 배에 도착한 그들은 그 안에 탑승했다.

작은 배로, 사람 세 명 정도가 겨우 탈 수 있는 크기였다. 퀴퀴한 냄새가 이곳저곳에서 나고, 바닥은 미끄러웠으며, 어디에도 손을 댈 수 없을 정도로 더러웠다. 기시혼은 그가 입고 있는 비단옷의 밑단이 알 수 없는 오물로 젖어드는 것을 보곤 얼굴을 찌푸렸다.

학공은 긴 삿대를 강바닥에 박고는 있는 힘을 다해 배를 밀었다. 처음에는 움직이지도 않는 것 같더니만, 서서히 반복하자 배가 강 쪽으로 흘러들어 가는 느낌이 났고, 그렇게 반각 정도가 지나자 완전히 물 위에 뜨게 되었다.

학공은 이마에서 땀을 훔치더니 밀했디.

"거의 보름 만에 움직이는 거라 조금 힘들었습니다요. 추위도 추위라 녀석이 말을 잘 안 듣는군요."

피월려와 기시혼에게서 아무런 대꾸도 없자, 학공은 어색한 미소를 짓곤 배를 움직이는 것에 집중하기 시작했다.

서서히 강으로 들어가자, 성자의 도심이 하나의 점처럼 보이기 시작했다. 물살도 매우 빨라져, 시시각각 방향이 변하면서 구토가 치미는 기분이 들었다.

바닥의 더러움보다 치미는 현기증이 주는 불쾌감이 앞서자, 피월려가 먼저 앉아버렸다. 그리고 머지않아 기시혼도 더 서 있을 수 없었다. 하지만 학공은 가장 흔들림이 심한 배 끝에 서 있으면서도 한 점 흐트러짐 없이 삿대를 놀리고 있었다.

이쪽에 한 번, 저쪽에 한 번, 또 다시 저쪽에 한 번. 정말 규칙이라곤 전혀 찾을 수 없어 보였지만, 그 행동 하나하나로 인해서 배가 되찾는 안정감은 이루 말할 수 없었다. 이젠 여기저기 암초들까지 튀어나와, 그 주변에서 물길이 복잡한 소용돌이가 되었는데, 그 학공이 몇 번 삿대로 젓기만 하면 배는 그 미로 속에서도 쭉쭉 잘만 앞으로 나아갔다.

삿대를 움직여 배를 나아가게 만드는 방법은 분명 정해져 있을 것이다. 수없는 세월 동안 수많은 사공들에 의해서 가장 힘을 들이지 않으면서 배를 움직이는 최고의 방법이 끝없이 연구되어 왔을 것이기 때문이다.

하지만 노인의 움직임에는 규칙이 없다. 어떠한 틀도 없다.

전혀 다음 수를 읽을 수 없는 무형(無形) 그 자체. 하지만 그 불규칙한 움직임으로 인해서 최상의 결과가 바로 배의 안정감으로 나타났다. 이는 최상의 결과를 얻기 위해서 고안되고 연구된 정해진 틀보다 더 효과적인 것이다.

완벽한 형태 위에 존재하는 무형.

완벽한 한계 위에 존재하는 무한.

그리고 그것을 완전히 자기의 것으로 한 학공은 땅 위에 가만히 서 있는 것보다 더 적은 힘으로 뱃머리에 서 있다.

검법으로 말하면 무형검과 같지 않은가?

흐르지 않는 강물 위라면 분명 제대로 형태를 갖춘 조주법(漕舟法)이 이길 것이다.

하지만 이런 거친 강물에선 학공의 조주(漕舟)를 이길 수 없다.

물론 대부분의 강물에선 기존의 조주법이 이길 것이다.

하지만 지금 이 순간, 이 강물 위해선 학공의 것이 상위다.

이건 검법도 마찬가지.

가장 빠르게 가장 강력하게 가장 정확하게 검을 내지르는 방법은 있다.

하지만 그건 보편적인 것이지, 때에 따라선 항상 그보다 좋은 방법이 있다.

그 노인은 사공으로 말하자면 초절정 혹은 그 이상이다.

수없이 많은 성자의 사공들 중에도 그 정점에 있는 사람이다.

"무슨 생각을 그리 골똘히 하시오?"

기시혼의 물음에 피월려가 답했다.

"아무것도. 그저 작은 깨달음이 있었소."

기시혼은 혀를 내두르며 되물었다.

"참 나, 이 상황에 말이오?"

피월려는 작게 미소를 지을 뿐이었다.

그렇게 한동안 암초의 밭을 지난 그 배는 곧 한 바위섬에 다가갔다. 마치 산처럼 큰 바위 하나가 우뚝 솟아 있었는데, 그 크기는 높은 벼슬아치의 거대한 기와집 정도로 보였다.

그 바위섬 중앙에 배가 겨우 들어갈 만한 작은 동굴이 있었다. 사공은 그 동굴을 확인하곤 서서히 배를 몰아 그 안으로 들어갔다.

그 천연 동굴엔 동굴 특유의 악취가 풍기지 않았다. 너무 외딴 데 있다 보니, 박쥐 같은 생물도 살 수 없는 것 같았다. 그렇게 계속 안으로 들어가자, 동굴 안을 비추어주던 햇빛이 줄어들었고, 곧 그것을 인공적인 횃불의 빛이 대신했다.

"비밀 문파로군."

기시혼의 말에 학공이 고개를 끄덕였다.

"이곳이 저희 잠우곡(潛羽谷)의 본가입니다."

기시혼은 그 이름을 들어본 적이 있었다.

"아, 이곳이 잠우곡이오? 몇 번 들어본 적은 있었는데, 이런 곳에 자리하고 있는 줄은 꿈에도 몰랐군."

"장강수로채의 눈길에서 벗어나려면 이 정도는 되어야 가능하지 않겠습니까?"

잠우곡(潛羽谷)은 남창과 성자 주변에서 호강채에 값비싼 상납금을 내지 않고 몰래 강 건너 물건을 보내는 자들이 주로 이용하는 곳이라 알려져 있다. 규모가 큰 경우에는 어쩔 수 없이 호강채와 맞닥뜨려야 하지만, 작은 크기의 패물이나 보석, 혹은 금괴들을 대량으로 옮길 때엔 몰래 잠우곡을 통하여 운반하는 경우가 많다.

그들의 무기는 신속함과 신용. 남창과 성자 토박이들 중에서도 몇십 년간 어부로 일하며 그 주변 물길을 자기 집처럼 꿰뚫고 있는 자들만이 잠우곡의 일원이 될 수 있었다.

기시혼이 물었다.

"우리에게 이곳을 노출해도 되겠소?"

"이곳은 안다고 해서 올 수 있는 곳이 아닙니다."

암초와 소용돌이가 산재한 바위섬 주변을 떠올린 기시혼은 고개를 끄덕일 수밖에 없었다. 그는 주변을 살피면서 말했다.

"장강수로채에도 좋은 사공늘이 낳느니만, 그들도 이곳에 올 수 없소?"

"이 물길을 알 만한 자들은 모두 남창 아니면 성자 출신이고 그 사공들은 대부분 이쪽에서도 일하고 있습니다. 암묵적인 것이지요."

"아, 그런 것이군."

그때까지 아무런 말을 하고 있지 않던 피월려가 무거운 입을 열고 말했다.

"이쪽 물길을 잘 아는 사공들이 파양채에도 좀 있소?"

학공은 고개를 저었다.

"그쪽 물길은 이쪽과 너무 다릅니다. 남창과 성자의 사공들은 대부분 호강채에서 일을 합죠."

남궁세가의 보선을 치기로 한 위치는 파양호와 가깝긴 하지만 엄연히 호강채의 영역이다.

파양채에 비해서 백도무림과 마주치는 경우가 많은 호강채는 이번 일에 미온적으로 나올 것이라, 패천후는 예상했다. 실제로 호강채주와 이야기를 해본 파양채주는 그가 이번 흑백대전에 완전히 손을 떼고 있을 거라는 답신을 주었다.

자기에게 불똥이 튀지 않는 한 호강채는 이번 일에 대해서 왈가왈부하지 않을 것이다. 때문에 호강채를 통해서 화전술을 위한 사공들을 구하는 것이 아니라, 직접 사공들을 구하러 이곳까지 온 것이다.

패천후가 한 말이 사실임을 확인한 피월려가 다시 물었다.

"곡에 무림인은 없소?"

"애초에 늙은 사공들이 작은 돈벌이나 하자고 만든 곳입니다. 무사가 있을 리가요. 쓸 만한 무공과 수공(水功)도 그나마 최근에 얻은 겁니다. 또 그걸 익히는 자들도 몇 명뿐이며 다 노인들입니다. 무림방파라고 하기에 부끄럽습니다."

기시혼은 동굴 멀리 한쪽 벽면에 잠우곡이라 음각된 글씨를 보며 말했다.

"그런 수공이라고 할지라도 때에 따라선 요긴하게 쓰일 수 있소. 이번 일이 그런 것이니, 잠우곡엔 천운이 따랐다 생각하시오. 천살가에선 확실히 보상할 터이니."

"물론입지요. 다 왔습니다. 귀빈들께서는 천천히 내리시지요."

학공은 먼저 배 아래로 내려왔다. 어두운 불빛 때문에 강바닥의 깊이가 잘 보이지 않았는데, 그의 발목까지 강물이 차오르는 보니 확실히 얕은 곳이었다.

기시혼이 피월려를 부축했고, 그들은 곧 잠우곡이라 음각되어 있는 그 동굴 안으로 걸어 들어갔다.

그 안에는 작은 동공이 있었다. 동공 안 이곳저곳에는 가재도구들이 걸려 있었고, 한쪽에는 꽤 많은 분량의 책자들이 진열되어 있었다. 또한 이제 갓 형태를 갖춘 것 같은 배들이 배를 뒤집고 어딘가에 걸려 있었다.

한쪽에는 두 노인과 한 중년인이 있었다. 그들은 책자를 읽으면서 서로 이야기를 주고받고 있었는데, 학공과 피월려 그리고 기시혼이 다가오자, 냉큼 그 자리에서 일어났다.

중년인, 정서철 대선주가 먼저 포권을 취하면서 인사했다.

"어서 오십시오. 기다리고 있었습니다."

정서철은 패천후의 명으로 잠우곡에 와서 협상을 진행하고 있었다. 하지만 그들이 천살가의 인물을 직접 보기를 원해서 피월려를 직접 부른 것이다.

기시혼이 물었다.

"행색을 보아하니 여기서 날을 보낸 것 같소만?"

정서철이 고개를 끄덕였다.

"습기가 많은 것을 제외하면 그럭저럭 지낼 만한 곳입니다. 안쪽에는 중원의 웬만한 객잔보다도 더 좋은 잠자리가 있습니다. 직접 보시면 놀라실 겁니다."

"그곳에 계신 분들이 잠우곡의 곡원이시오?"

그 두 노인 중 왜소하고 백내장으로 허옇게 변한 두 눈을 가진 노인이 앞으로 걸어 나오며 포권을 취했다.

"미천하지만 잠우곡의 곡주를 맡고 있는 암포일이라 하오. 천살가의 마인들이시오?"

"기시혼이오. 이쪽은 피월려이고."

"기 공, 피 공이군. 말씀은 많이 들었소. 암 곡주라 부르시오. 안쪽으로 들어오시구려."

잠우곡 곡주, 암포일은 횃불 하나를 들고 한쪽에 나 있는 또 다른 동굴 안으로 들어갔다. 그가 안쪽에 있는 횃불들에 하나둘씩 불을 붙이자, 안쪽에서 밝은 빛이 새어 나왔다.

피월려는 그에게 다가온 정서철에게 말했다.

"이야기는 잘 진행되었소?"

정서철은 작은 목소리로 속삭였다.

"협상은 잘되었습니다만 아무래도 걱정이 많은 듯합니다. 우리 쪽에서 요구하는 일이 양지(陽地)의 일이라 나서기를 꺼리는 것 같습니다. 아마 천살가의 이름이 아니었다면 진작 거절했을 겁니다."

피월려는 눈초리를 좁혔다.

"우리 일이 딱히 양지의 일은 아니지 않소?"

"그들 입장에선 양지로 보이나 봅니다."

"평소에 하는 일이 무엇이기에 그렇소? 밀수(密輸) 아니었소?"

"그렇게 대외적으로 알려져 있습니다만, 밀수라는 것이 무엇을 운반하냐에 따라서 천차만별 아닙니까? 그것이 기밀일 수도 있고 시체일 수도 있고 마약일 수도 있으니 말입니다."

"제대로 된 무림인도 없는 비밀문파에서 그런 일도 한단 말이오?"

"피 공께서도 아시다시피, 음지는 그 바닥에 끝이 없습니다."

"……"

"안으로 들어가시지요."

정서철과 피월려 그리고 기시혼은 그 동굴 안으로 들어섰다.

그 안은 정서철이 말한 대로 객잔의 한 방을 그대로 옮겨놓은 것 같았다. 사람이 누울 수 있는 침대도 있었고, 옷가지를 걸어둘 옷장도 있었다. 그 중심에는 둥그런 상이 있었고, 작은 나무 의자 다섯 개가 그것을 빙 두르고 있었다. 그중 한 의자에 앉은 암포일이 말했다.

"술도 음식도 동이 난 터라, 아무것도 대접할 수 없음을 이해해 주시오. 앉으시오."

"……"

기시혼과 피월려가 자리하자, 암포일이 말을 이었다.

"물론 본 곡은 감히 천살가의 인물들에게 이리 와라 저리 와라 할 위치는 아니오. 혹시라도 우리가 그런 거만한 마음을 품었다고 오해했다면 바로잡고 싶소."

피월려가 말했다.

"말씀하시오."

암포일이 기시혼과 피월려를 몇 번이고 번갈아 보았다. 기시혼은 대화를 할 생각이 없어 끊임없이 주변을 살피면서 경계하고 있었는데 그걸 본 암포일은 그가 호위무사에 지나지 않는다고 생각했다.

암포일이 말했다.

"그 전에, 정말로 천살가시오? 천살가의 인물이 호위무사를 달고 다닌다는 말은 금시초문이오."

이리저리 살피던 기시혼의 눈동자가 기형적으로 움직이더니, 곧 암포일에게 고정되었다.

"이래도 아닌 것 같소?"

암포일은 피부가 찌릿찌릿한 살기에 내력을 운용하며 저항했다.

"가공할 살기오만, 그걸 쏘아 보낸다고 해서 천살가의 사람이라고 증명된 건 아니오."

기시혼이 으르렁거렸다.

"그럼 천살가의 마인이 명패라도 달고 다니는 줄 아시오?"

"물론 아니지. 대신 천살가의 이름을 사칭하는 자가 있다면, 그자의 부모와 형제 그리고 자식까지도 모조리 도살하는 것은 알고 있소. 그로 인해서 그냥 죽으면 죽었지 천살가를 사칭하지 못하게 하는 것도 알고 있고. 때문에 당당히 자기가 천살가의 인물이라 밝히면 거의 믿어주는 것이 강서무림 아니오?"

"그런데?"

"이곳은 도심에서 멀어진 특별한 곳이오. 여기선 사칭을 해도 그 사실이 밖으로 나가지 않을 가능성이 크지."

기시혼이 뭐라고 하려는데 이번엔 피월려가 먼저 질문해 그의 말을 막았다.

"그럼 암 곡주는 우리가 어찌 증명했으면 좋겠소?"

암포일은 피월려에게 시선을 던지며 말했다.

"최근 천살가에서 찾은 두 물건을 말씀하시오. 그럼 믿겠소."

기시혼은 비웃음을 얼굴에 그리며 팔짱을 꼈다.

"흥! 천살가의 가족들은 개별적으로 생활하오. 각자 필요한 물품 같은 건 밖으로 나가 돈으로 구입하든 천살가의 사람임을 밝히고 힘으로 얻든 하지. 그런데 천살가에서 찾은 물건이라니? 그런 건 알지 못하오!"

"답을 말씀하지 않으시면, 더 이상 대화는 없소."

그의 단호한 말을 듣자 기시혼의 표정이 당황으로 물들었다.

"정말로 물어본 것이오? 떠본 것이 아니라?"

"둘 다 귀하고 또 귀한 것이오. 중원에서 손꼽히는 보물들이지. 그러니 천살가의 인물이라면 그것들을 알지 못할 리가 없소."

"그건······."

기시혼이 말을 못 하는 사이 피월려가 옷깃을 열어 목걸이에 걸린 효천관을 꺼내 보였다. 그러면서 그의 비단옷 안을 보여주었는데, 그 사이로 온주피가 엿보였다.

"효천관과 온주피. 맞소?"

그것을 본 암포일의 백색 눈동자에서 이채가 빛났다.

"맞소. 알고 있을 뿐만 아니라 착용하고 계시다니, 정말로 천살가의 인물임이 틀림없군. 그것을 찾으셨던 어르신과는 어떤 사이시오? 부자지간이시오?"

"그것까지 말할 이유는 없는 것 같소, 곡주."

"하기야. 괜한 걸 물었소. 단지 그 둘을 피 공께 주기 위해서 그런 혈겁을 일으킬 정도라면 얼마나 가까운 사이인가 해서 그랬소. 사과드리오."

꽤나 많은 사람이 죽은 것 같은 어투였다. 피월려는 나중에 악누에게 물어보기로 하고 지금은 그 생각을 묻어두었다.

"괜찮소. 그럼 우리가 천살가의 사람들인 걸 믿겠소?"

암포일은 수차례나 고개를 끄덕였다.

"믿겠소."

"그럼 정 선주를 통해서 일에 대해 설명을 듣고 진행하시오."

"이미 곡원들이 움직이고 있소. 천포상단을 먼저 믿고 시작하긴 했소. 다만 천살가가 관련된 일이니, 이만큼의 재확인이 필요했던 것뿐이오. 천살가를 섬기게 되어서 영광이오."

암포일이 고개를 숙이자 기다렸다는 듯이 기시혼이 말했다.

"아까 전, 오해를 바로잡고 싶다고 하지 않았소? 그러니 단순히 신분을 증명하는 걸 넘어서서, 우리가 이곳에 와야만 하는 좋은 이유가 있겠지. 그걸 보여주시오. 만약 없다면 죽음을 면치 못할 것임은 말하지 않아도 알겠지."

차갑고 단호한 어투였다. 하지만 암포일은 기시혼의 기세에 눌리지 않았다.

"물론이오. 하지만 기 공에겐 보여줄 수 없소."

"하! 그게 무슨 뜻이오? 정녕 목숨이 아깝지 않소? 감히 천살가에 소환을 강요하……."

암포일은 기시혼의 살기를 받아내며 말을 잘랐다.

"내게 답을 준 사람은 여기 계신 피 공뿐이오. 그러니 천살가의 마인을 감히 이 누추한 곳까지 소환했어야 하는 이유는 피 공 말곤 그 누구에게도 보여주지 않겠소."

"참 나. 도대체 무슨 소린지 모르겠군. 피 형이 천살가의 사람인 건 믿으니, 그런 피 형이 보장하는 내 신분도 보증되는 것 아니오?"

암포일은 딱딱한 목소리로 대답했다.

"그건 별개이오. 본 곡은 사람을 건너 사람을 믿지 않소."

기시혼은 어이가 없는지 헛웃음을 지었다.

"어차피 잠우곡에서 피 형에게 보여주는 게 무엇이 되든 간에, 내게 말해줄 것이오."

"그건 상관하지 않겠소. 하지만 직접 보는 것과 전해 들은 건 큰 차이가 있지."

"무슨 차이가 있소?"

"책임의 차이."

"……"

제삼자에게 무슨 이야기를 할 때, 직접 봤다는 것과 전해 들었다는 건 그 차이가 막심하다. 전자는 그 말에 자기가 책임을 지지만, 후자는 전혀 책임을 지지 않는다. 따라서 그만큼 신용에도 영향이 크다.

암포일은 공손한 태도로 피월려에게 말했다.

"피 공께서도 허락해 주셔야 하오. 우리가 보여 드릴 건 천살가 외부 인물에게 보여줘서는 안 되는 것. 따라서 다소 불편할 정도로 보안을 강요하는 것은 천살가를 무시해서가 아니라 오히려 더욱 섬기고자 하는 행동이오."

피월려는 묘하게 암포일이 마음에 들었다. 천살성에겐 마음이 보이기에 이토록 진심을 호소할 필요는 없는데도 이렇게 한다는 건 그만큼 예를 차린 것과 진배없기 때문이다.

피월려가 말했다.

"좋소. 다만 내가 눈이 보이질 않으니, 곡주께서 친히 나를 인도하셔야 하오."

기시혼은 피월려가 암포일의 말에 따르는 것이 마음에 들지 않았다.

"참 나! 가서 암살당해도 나는 모르는 일이오, 피 형."

"걱정하지 마시오. 그에게 살심이 있었다면 벌써 느꼈을 것이오."

"하!"

다행히도 기시혼은 화를 내기보단 황당해하는 것 같았다. 그 또한 천살가를 두려워하고 경외하는 암포일의 진심을 느꼈기 때문이다.

피월려는 한 손을 앞으로 내밀었고, 암포일는 그 손을 잡고는 자리에서 일어났다.

"정 선주와 기 공께서는 이곳에서 잠시 기다려 주시오."

그는 그렇게 말한 후, 피월려를 이끌고 다른 동굴로 향했다. 그러자 남겨진 기시혼과 정서철이 서로 이야기를 주고받기 시작했다.

얼마나 걸었을까? 기시혼과 정서철의 목소리도 들리지 않을 정도가 되어서 암포일은 걸음을 멈추었다. 그 아래는 조르르거리는 시냇물 소리가 들렸는데, 그 바닥의 한쪽으로 물이 흐르는 것 같았다.

암포일은 그 자리에 쭈그려 앉으며 피월려의 옷깃을 잡았다.

"뒤쪽에 앉을 수 있는 나무토막이 있을 것이오. 앉으시오."

피월려가 손짓하니 어린아이가 앉아도 꽉 찰 정도로 작은 나무토막이 있었다. 그가 거기에 걸터앉자 암포일이 말을 이었다.

"보여 드릴 건 앞에 있소. 한데 눈이 정말로 안 보이시오?"

피월려와 암포일은 이제 막 만난 사이다. 그런 그가 이렇게 물어온다는 건, 피월려가 행동하는 것이 장님의 그것과는 정말 다르다는 증거였다.

그걸 느낀 피월려가 말했다.

"다들 그렇게 의심들을 하곤 하오. 그러나 내 눈이 보이지 않는 건 확실한 사실이오."

암포일은 피월려의 감은 두 눈을 의심스럽다는 눈초리로 바라봤다.

"같이 있다 보면 어느새 그 사실을 잊게 되오. 뭐랄까? 알긴 알지만 의식하지 못하게 되는 것 같다고 해야 하나? 그러다 보니 자연스레 눈이 보이는 특이한 무공이나 술법 같은 걸 익혔다고 생각하게 되는 듯하오."

"내가 그렇게 눈이 보이는 것처럼 행동하는 것 같소?"

"지금도 얼굴을 똑바로 날 향하고 계시오."

"그렇소? 몰랐군."

"물론 소리가 들리니 그렇게 했다고 말할 수 있소."

"귀가 예민해져서 그런 듯하오."

"하지만 대부분의 장님은 그렇게 하지 못하오."

"……."

"의심 가는 부분들이 그런 식이오. 장님인데 어떻게 이렇게 행동하지라는 의문을 품고 나면 아, 이래서 아는구나 혹은 저래서 아는구나 하는 이유가 꼭 있소. 지금 얼굴이 나를 똑바로 향하고 계신 것도 소리가 들렸기에 그런 것이다 하고 말이오. 하지만 너무 자연스러워서 마치 눈이 보이는 것이 아닌가 하는 착각이 드오."

"심공을 익혔었소. 그 여파가 있는 듯하오."

"익혔었다? 심공을 잃으셨소?"

"지금은 잃었소."

"심공이 그렇게 잃어버리고 할 수 있는 것이오?"

"그게 무슨 뜻이오?"

"마음의 공부 아니오? 형태가 없는 마음의 공부인데, 그걸 잃어버리거나 할 수 있냐 그 말이오?"

"……."

"뭐 내가 익혀보지 않아서 모르겠지만, 마음의 공부를 잃어

버리고 자시고 하는 게 무슨 뜻인지 이해가 가질 않아서 말이오. 그건 뭐 무공처럼 내력을 쓰는 것도 아니지 않소?"

피월려는 잠시 고민한 뒤 툭하니 말했다.

"그건 한 번도 생각해 본 적 없는 문제이오."

암포일도 생각하려고 턱을 만지작거렸는데, 곧 눈을 번쩍 뜨며 손을 내렸다.

"흐음. 아, 바쁘신 몸인데 잡담이 너무 길어졌소. 피 공께서는 전혀 천살성처럼 느껴지지 않으시니 내가 너무 편해진 것 같아 송구스럽소. 아, 혹 이 말도 기분이 나쁘셨다면 사과하겠소."

"아니오. 물건을 보여주시오."

암포일은 손을 앞에 있는 물길에 담갔다. 그러곤 그 안에 있는 무언가를 앞쪽으로 끌어당겼다. 그것이 암포일의 손길에 의해 물 밖으로 모습을 드러냈다.

"물건이라 말했으나, 사실 시체이오. 지금 앞에 있소."

"시체?"

"손을 넣어보고 확인하셔도 되지만 별로 추천하고 싶지는 않소."

피월려는 암포일이 진실을 말하는 것을 알곤 대답했다.

"그냥 말씀해 주시구려."

"하루 전, 호구(湖口)의 강가에서 남궁세가의 직계혈족이 누군가를 고문했소. 워낙 기밀을 요하는 일이라 남궁세가 중에서도 직계혈족 말고는 아무도 그 일을 모르오."

"잠우곡은 알지."

피월려의 짧은 농에 암포일이 누런 이를 살짝 드러냈다.

그가 더 말했다.

"그들은 백도문파 중에서도 백도문파. 오대세가에 당당히 그 이름이 있으며 협과 의를 숭상하는 집단이다 보니, 누군가를 고문한다는 것이 외부에 알려지면 가문의 먹칠을 하는 것이오."

"그 고문을 하던 자가 바로 앞에 있는 시체로군."

암포일은 피월려의 눈치를 살피더니 조심스럽게 말을 이었다.

"내가 이래 봬도 꽤 오랫동안 강서무림에서 활동했던 사람이오. 그 오랜 세월 중에 한번은 천살가의 가주님을 직접 배로 모신 경험이 있소. 그분의 백발백미와 그 음양안(陰陽眼)도 그렇지만 눈을 감으면 눈앞에서 사라진 것 같은 느낌이 들 정도로 옅은 그 존재감이 인상 깊었지."

피월려는 존재감이 너무 없어 존재감이 강렬하다는 돈사하의 말이 생각이 났다.

그가 되물었다.

"그 이야기를 갑자기 하시는 이유가 무엇이오?"

"앞에 있는 시신이 그분과 비슷하여 하는 소리이오."

피월려의 표정이 살짝 굳었다.

"얼굴을 확인했소?"

"고문의 흔적 때문에 얼굴을 제대로 확인할 수 없었소. 원래 긴 백발과 백미를 소유한 사람이며 양 눈알의 색을 확인할 수 있을 뿐이오. 하지만 그 정도만으로도 이 시신이 누군지 알기엔 충분하지."

"얼굴을 확인할 수 없을 정도로 심하게 고문을 했단 말이오?"

"아니면 죽은 뒤에 얼굴을 가리고자 했던지."

"……."

"하여간 남궁세가는 우리 쪽을 통해서 그 시체를 강 속에 버리려고 했소. 원래라면 시체를 받은 그대로 강가 깊은 곳에 버려야 하지만, 아무래도 천살가의 가주님이 생각이 나, 이곳에 가져온 것이오."

피월려가 침을 꿀꺽 삼키고는 되물었다.

"정말 가주님이란 말이오?"

암포일은 눈을 좁쌀만큼 얇게 뜨며 말했다.

"하지만 그렇다고 하기엔 조금 의문이 있소."

"의문?"

"이자를 고문한 남궁세가의 직계혈손들은 직계혈손이라고

하기 민망할 만큼 무공에 재능이 없는 자들이오. 그나마 혈통 때문에 기밀을 요하는 더러운 일들을 처리하는 일을 맡았겠지. 이 시신의 주인은 그런 그들에게 당했소."

"무슨 뜻이오? 아니, 그보다 그걸 어떻게 알 수 있소?"

"시체에 남겨진 검상들을 보면, 총 세 명의 인물과 싸움을 한 흔적이 보이오. 하지만 그 흔적들은 정말 낭인들의 싸움에서나 볼 법한 형편없는 검상들뿐이오. 검강은커녕 검기의 흔적조차 많이 없으니, 고문을 주도한 세 명의 직계혈손에게 패배하여 사로잡힌 것이오."

"가주께서 그런 자들에게 패배하실 리 없소."

암포일이 고개를 끄덕이며 시체의 얼굴 부분에 손을 대었다.

"상처로 가득한 얼굴 가죽을 잘 들여다보면 이상한 점이 있소. 이 주변 강물에는 육식을 좋아하는 물고기들이 많소. 막 죽은 시체가 물속에 있으면 피부가 부풀어 오르며 진작 그 물고기들의 밥이 되게 마련인데, 이상하게도 얼굴 쪽의 피부는 물고기들이 먹지 않았소."

"무슨 뜻이오, 그게?"

"이는 각종 약재와 약물로 처리된 인공품이기 때문이라는 것이 본 곡의 판단이오. 남궁세가의 그 세 명이 마지막까지 인피면구임을 몰랐을 정도니, 아마 자기 원래 얼굴 가죽을 벗

기고 이 인피면구를 착용하는 식의 고급 기술까지 쓰는 실력
자일 것이오."

피월려의 눈썹이 꿈틀거렸다.

"완벽한 변장을 위해서 자기 얼굴 가죽을 들어내다니… 그
런 자도 있소?"

"흑도가 지배하는 지역에는 다양한 종류의 무림인들이 있
소. 그만큼 고액을 받았을 것이오."

"……."

"따라서 본 곡의 의견은 이렇소. 천살가의 가주를 사칭했거
나 혹은 그렇게 고용된 이자가 어떤 식으로든 남궁세가의 인
물들에게 발각되었고, 고문을 당해서 죽었다고 말이오. 보통
천살성도 아니고 가주를 사칭한 정도의 일이니 천살가의 인
물에게 먼저 말하는 것이 화를 당하지 않는 것이라 판단하여
이렇게 말씀드리는 것이오."

피월려는 직접 손을 뻗어 시체를 매만졌다. 그 시체에 나
있는 털 하나하나까지 정성스레 쓰다듬으면서 그는 깊은 생각
에 빠져 있었다.

왜 돈사하로 변장한 자가 남궁세가에게 사로잡혔을까?

천포상단이 돈사하를 죽이고 대리를 내세우는 위험수를 두
었다면 진작 피월려와 기시혼도 암살하려 했을 것이며, 그 전
에 이미 천살가를 향한 적개심을 품고 있어 간파했을 것이다.

또한 제삼자가 그러한 일을 했다면, 천포상단을 속이는 것과 동시에 돈사하를 죽였어야 하는데, 그 또한 비현실적이다.

그러니, 돈사하가 직접 고용했을 확률이 높다. 그리고 이 사실을 천포상단이 몰랐거나 혹은 알지만 돈사하가 명령하여 말하지 않았을 수도 있다.

이것이 말하는 것이 과연 무엇인가?

왜 돈사하는 천살가 그 누구에게도 말하지 않고, 이런 단독 행동을 한 것일까?

피월려는 한 식경이나 고민한 뒤 시체에서 손을 뗐다.

"고맙소. 이 정보가 얼마나 귀중한 것인지 암 곡주께서는 짐작도 하지 못할 것이오. 천살가에선 절대로 이번 호의를 잊지 않을 것이오."

"잊으셔도 되니 하나만 알려주시오. 이 시체가 정녕 천살가의 가주가 맞소?"

피월려는 고개를 흔들었다.

"아니오. 근골을 살펴보니 가주님처럼 깊은 수준의 무공까지 익힌 자는 아닌 것 같소."

"역시 그렇군. 일행이 기다리겠소."

"한 가지 부탁이 있소?"

"부탁?"

"소식 하나를 전달해 주시오, 천살가에."

그 뒤, 피월려는 암포일에게 귓속말을 했다. 암포일의 눈이 보름달만큼이나 커졌지만, 곧 얼음장처럼 차가워졌다.

그가 말했다.

"소식은 잠우곡에서 책임지고 전달하겠소."

피월려가 고개를 끄덕이자 암포일이 피월려를 부축해 다시 길을 인도했다.

그들이 다시 방으로 오고 그들을 본 기시혼과 정서철이 자리에서 일어났다.

"갔던 일은 어찌 되었소? 꽤 오래 걸렸던 것 같은데."

기시혼의 질문에 피월려가 말했다.

"미안하지만 천살가의 일이라 정 선주 앞에서 말할 수 없소. 이해해 주시오."

정서철은 손사래를 쳤다.

"아, 아닙니다. 당연한 말씀을."

기시혼이 암포일을 보며 물었다.

"그럼 이제 용무는 다 끝난 것이오?"

암포일이 대답했다.

"끝났소."

"그럼 어서 갑시다. 습기 때문인지 갑갑하군."

기시혼은 피월려의 팔을 낚아채듯 가져가 앞으로 걸었다.

정서철은 잠시 어쩔 줄 몰라 하다가 암포일에게 포권을 취하고 그들을 따라갔다.

강으로 이어지는 곳에서 다른 노인과 농을 주고받던 학공은 그들이 나오는 것을 보고 배를 움직였다. 피월려와 기시혼, 그리고 정서철은 학공의 배를 타고 잠우곡을 빠져나와 성자에 도착했다.

정서철과도 헤어지고 마차를 타게 된 피월려가 그를 따라 마차 안으로 들어오는 기시혼에게 말했다.

"하나만 물어보고 싶소."

기시혼이 되물었다.

"흠. 내가 먼저 물어봐야 하는 것 아니오? 뭐, 어째든 물을 것이 무엇이오?"

"천살성이 받는 금제 말이오. 그것의 기능 중 하나가 바로 같은 천살성들을 향한 행동을 어느 정도 강제한다고 했는데, 그게 정확히 어떤 뜻이오?"

기시혼은 갑작스러운 질문에 피월려의 마음을 살폈지만, 그의 마음은 역시 너무나 고요했다.

그가 설명했다.

"같은 천살성이 아니라 천살가의 천살성. 즉 가족들에게 행동을 강제하는 것이오. 간단하게 말하면, 배신할 수 없소."

"배신할 수 없다?"

"다시 말하면 개인의 이익 때문에 가문의 해가 되는 일을 하지 못하는 것이오. 그런 일을 했다간 점차 살기를 다스리지 못하게 되어 천살지장처럼 결국 짐승이 되오. 교주에게 직접적으로 대항하는 행동을 했을 때도 마찬가지이고."

"흐음… 배신을 할 수 없다라."

"애초에 금제가 있는 이유가 천살성의 무분별한 살심을 제한하고 억압하여 바른길로 뽑어낼 수 있게 하기 위한 것이니 금제를 어길수록 천살성 본연의 모습으로 돌아가는 건 당연한 이치이지."

이는 악누가 말한 것과도 일맥상통한다.

피월려가 물었다.

"그럼 배신의 행동을 할수록 살심을 잘 다스리지 못하겠소?"

"그렇소."

기시혼이 대답하자 피월려가 말을 이었다.

"아, 아까 전 암 곡주가 보여준 건 별거 아니오. 시체였는데, 천살가의 인물인 것 같아서 어떤 위험한 일에 연루되어 화를 당할까 염려한 것이오."

"천살가의 사람이었소?"

"아니었소. 인피면구로 사칭한 자였지. 신원은 피악되지 않았소. 그쪽에선 혹시나 해서 물어본 것이오."

"흐음, 그러하군. 이젠 천살가를 사칭하는 자까지 나타나다니… 흑백대전이 상당한 일이긴 한가 보오."

기시혼은 창밖으로 고개를 돌리며 생각에 잠겼다.

피월려 역시도 고개를 살포시 숙이며 역시 생각에 잠겨 들었다.

같은 자리에 있었지만, 그 둘은 완전히 반대되는 생각을 했다.

피월려가 중얼거렸다.

"천살가에… 아니, 시록쇠 형주님에게만 기별을 고하고 싶소. 가능하겠소?"

기시혼이 그를 흘겨보며 되물었다.

"시록쇠 형주님에게만? 가능은 하지만, 무슨 기별을 하려고 하기에 시록쇠 형주님에게만 하시오?"

피월려는 잠깐의 침묵 후에 짧게 말했다.

"천살가에 배신자가 있는 듯하오."

기시혼은 눈을 부릅떴다.

시록쇠에게만 기별을 고한다면, 즉 시록쇠는 배신자가 아니라는 뜻.

곧 기시혼의 표정이 경악으로 물들었다.

"설마… 악누 형주님?"

"혹시나 해서 말이오. 시록쇠 형주님께서 잘 판단해 주실 것이오."

"……."

"아니길 바라야지."

피월려는 조용히 읊조렸고, 기시혼은 한동안 충격에서 벗어나지 못했다.

기시혼은 고개를 흔들며 독백했다.

"아닐 것이오."

"……."

하지만 이틀 후 시록쇠로부터 온 서찰에는 그들의 바람을 무너뜨리는 소식이 쓰여 있었다.

시록쇠가 추궁하기도 전에 악누가 천살가에서 자리를 비웠다는 소식이.

* * *

초전(初戰)의 시각이 다가왔다.

피월려와 정서철, 그리고 기시혼은 호구와 도창 사이에 있는 절벽의 꼭대기에 있었다. 아래로는 파양호로 흘러드는 넓은 강이 보였다.

이제부턴 그들의 손을 완전히 떠난지라, 이곳에서 이번 흑백내선의 향방을 정할 초전을 구경하기 위해 기다리고 있었다. 피월려가 이번 초전이 어떻게 돌아가는지 실시간으로 파악하고 싶어 하여 정서철은 눈이 보이지 않는 피월려를 위해서 상황을 설명을 해주겠다고 자처했다. 때문에 강을 내려다볼 수 있는 전망 좋은 곳에 피월려를 데려왔고, 그를 홀로 보낼 수 없었던 기시혼이 호위를 위해 따라왔다.

강물을 타고 천천히 떠내려오는 보선이 저 멀리 그 위용을 드러내자, 정서철이 피월려에게 말했다.

"보선이 보입니다."

바위에 걸터앉아 효천관으로 호흡하던 피월려가 말했다.

"정확히 패 후배가 예상한 시간이로군. 요 삼 일간 느꼈지만 정말 대단한 자이오."

천포상단주 패천후에겐 피월려가 도저히 따라갈 수 없는 능력이 있었으니 바로 인맥(人脈)과 신용(信用)이었다. 화전술(火箭術)에 필요한 각종 재료와 궁수들 그리고 그들을 실을 배 등등, 그 자리에서 그 일을 해줄 수 있는 사람을 생각해 내고 즉시 만남까지도 성사시켜 한 시진 안에 뚝딱 거래를 마쳐 버리기 일쑤였다.

패천후에겐 피월려가 가진 심계가 없었다. 하지만 그보다 더 큰 것이 있으니 바로 신용이었다. 누구도 그의 말을 의심하지 않았고, 누구도 그에게 반론을 제기하지 않으니 누구도 속일 필요가 없었다. 그는 피월려라면 연기나 협박 등을 이용해야만 성사시킬 일들을 단순히 말 몇 마디를 나누는 것으로 모두 성공시켰다.

삼 일 만에 기적적으로 계획이 완성된 것은 그의 도움이 없었으면 불가능했을 것이다. 이를 통해 피월려는 또 한 번 배웠다.

절벽 위에서, 정서철은 행여나 이상한 점이 있을까 보선을 이리저리 살펴보며 말했다.

"단주님은 장사에 관해선 천부적인 감각을 지니셨습니다. 또한 사람을 다루는 것을 마치 짐승을 다루듯 쉬이 합니다. 무엇을 버리고 무엇을 취할지, 단주만큼 더 정확한 판단을 내리는 사람은 전 중원을 뒤져봐도 없을 것입니다."

피월려가 툭하니 말했다.

"그보다는 지금까지 천포상단에서 쌓아둔 신용을 이용할 줄 아는 것이 크오. 한데 그 파양채에서 말이오, 그가 흑백대전을 가속화하려고 유혈 사태를 만들려고 했던 일을 기억하시오?"

"물론 기억합니다."

"그건 정 선주의 목숨을 위험에 빠뜨리기까지 하며 행한 일이오. 정 선주는 그에 관해서 반감이 없으시오?"

"……."

"아니, 없다 해도 좋소. 상단 전체의 타산(打算)이 곧 상단의 정의니 말이오. 하지만 그럼에도 불구하고 그것은 하책 중 하

책이오. 대선주 한 명의 목숨을 위험에 빠뜨리고 얻을 수 있
는 이익치고는 확실하지도 않고, 막대하지도 않은 것이니 말
이오."

"아니, 확실했었습니다. 또한 막대하기도 했습니다."

"어찌 말이오?"

"천살가의 인물이 그 상황을 설마 심계로 벗어날 줄 누가
예상이나 했겠습니까? 그러니 유혈 사태가 나는 건 십중팔구
이상의 확률이었습니다. 피 공께서 일이에 속해 계셨던 것뿐
입니다."

"그럼 그로 인한 이익이 막대한 이유는 무엇이오?"

"이번 흑백대전에 반대하는 사람을 아십니까?"

전쟁에 반대할 수 있는 위치에 있는 사람은 많지 않았다.

피월려가 말했다.

"황 태수를 말하는군."

"그는 남궁세가가 움직이기도 전에, 이 사태를 예견했습니
다. 그리고 그때부터 흑백대전이 일어나지 않게끔 은밀히 안
배를 해왔습니다. 상단에선 그것을 염려했습니다. 유혈 사태
로 인해서 남궁세가의 소가주가 죽었다면, 황 태수가 무슨 안
배를 했든지 절대로 흑백대전을 피할 수 없을 겁니다. 그러니
태수의 손아귀를 벗어난다는 막대한 이익이 있었습니다."

"그럼 아직은 불안 요소가 있는 것이오?"

"흑백대전이 일어나지 않을 수 있는 점을 불안 요소라고 부르긴 조금 그렇습니다만… 확실히 있습니다. 저는 왠지 오늘 아무 일도 일어나지 않을 것 같습니다."

"계획은 완벽에 가깝소."

"압니다. 하지만 강서무림에서 황 태수를 몇십 번이고 상대해 본 저희들은 항상 몸소 경험합니다. 그의 고요한 힘을."

"……."

"어차피 곧 알게 될 것입니다."

정서철은 불안이 가득한 눈빛으로 보선을 지그시 바라보았다.

조금의 침묵 뒤에 피월려가 물었다.

"내게 할 말이 있는 줄 알았소. 전쟁 상황을 설명하기 위해서 정 단주가 직접 이곳까지 와줄 필요는 없으니."

"그 할 말이란 것이, 제가 단주님을 배신하려는 건 줄 아셨습니까?"

"패 후배가 정 선주의 목숨을 팻감으로 쓰지 않았소? 그러니 그런 줄 알았소. 그래서 협상하고 싶소만."

"……."

정서철은 말이 더 없었다.

오늘 그의 기세는 전과는 많이 달랐다. 천살가라는 이름 앞에 짓눌렸던 정서철과는 전혀 다른 사람처럼 느껴졌다. 목소리만 같지 않았다면 아마 다른 사람이라 착각했을 것이다.

피월려는 그것이 어떤 다짐으로부터 온 것임을 간파했다. 할까 말까 고민하던 사람이 강한 마음을 먹고 발을 내디뎠을 때 생기는 그 느낌이 진하게 풍겼다. 그것도 누군가를 배신하기로 마음먹었을 정도의 비장한 느낌이었다.

그가 무엇을 마음먹은 것일까?

뭐긴 뭐겠는가?

배신하려 한다고 느껴진다면 배신하는 것이지.

단지 대상이 다른 것뿐이다.

피월려가 지금까지 한마디 말도 하지 않은 기시혼에게 물었다.

"기 형은 왜 말이 없소?"

기시혼이 하늘을 올려다보며 말했다.

"불안해서 말이오."

"천살가에서 온 소식 말이오?"

기시혼은 한숨을 푹 쉬더니 말했다.

"악 형주님이 자리를 비웠다는 것 말이오. 개인적인 사정 때문이라고 믿고 싶지만, 그렇다고 하기에는 시기가 너무 적절하오. 정말 배신했다면, 이번 일이 망쳐질 가능성이 크오."

"악 형주님이 배신을? 왜 그런 의심을 하시오?"

영문을 모르겠다는 표정을 지은 피월려를 보며, 기시혼이 인상을 찌푸렸다.

"무슨 말이오? 피 형이 악 형주님이 배신자라고 하지 않았소?"

피월려는 독백하듯 말했다.

"이상하군. 배신자는 이곳에 있는데, 왜 엉뚱한 사람을 추궁한단 말이오? 그건 그저 진짜 배신자가 안심하도록 하기 위한 안배였을 뿐이오, 기 형."

"……."

"……."

"정 선주. 아쉽게 됐소. 이번 계획이 망쳐지는 것을 악누 형주님과 태수의 책임으로 몰아갈 수 있었는데 말이오. 그걸 위해서 이런 연극을 짜느라 수고하셨소. 참고로, 거짓을 간파하는 것까지 계산하여 모두 진실만을 말하면서 오해를 유도하는 것도 일품이었소."

정서철은 조금 당황한 눈으로 기시혼을 보았지만, 기시혼의 착 가라앉은 눈빛을 보곤 안심했다.

기시혼이 냉정한 눈빛으로 피월려를 내려다보며 말했다.

"왜 그런 터무니없는 생각을 하시오?"

"첫째로는 기 형도 옛 버릇을 버리지 못해 반쪽짜리 친밀성이러는 형주님들의 말이었소. 그 뜻은 기 형도 천살성에 들어온 지 오래되지 않았다는 뜻이지."

"하. 그뿐이오?"

"필요 없는 되물음은 접어두시오, 내가 알아서 잘 말할 테니. 이 짓도 꽤 여러 번 해봐서, 상대방이 합을 안 맞춰줘도 잘할 자신 있소."

"……."

"둘째는 천살가에 입적하기 전부터 기문둔갑과 술법을 익혔다는 점이오. 그것도 사람의 뇌를 가르고 연구할 정도로 심취해서 말이오. 그러니 교주를 향한 충성과 가족들을 향한 행동을 강제하는 금제를 받고도 천살가에 반하는 생각이나 마음도 품을 수 있을 것이오. 그리고 그걸 들키지 않을 수도 있었겠지. 백도와 손을 잡는 것도 가능할 것이오. 아니, 이미 처음부터 손잡은 채로 천살가에 들어왔을 것이오."

기시혼의 얼굴에 비웃음이 서렸다.

"천살성에게 주어지는 금제가 그리 간단하게 벗어날 수 있는 거라 생각하시오? 나처럼 기문둔갑과 술법을 좀 아는 정도로 벗어날 수 있다면 진작 금제는 파훼되었을 것이오."

"그것에 대한 답과 더불어 셋째는 바로 기 형의 출신이오. 기 형은, 내가 능수지통과 기 박사를 방문하여 그 가문의 기밀을 읽었을 때 그 기 박사가 기밀을 받아 적은 점이 이상하다고 꼬집었지. 하지만 그건 내가 의심하는 것을 보고 재빨리 먼저 선수를 친 것이오. 그건 확실히 대단하다고 생각하오.

그 짧은 순간에 내 의심을 눈치채고 그렇게 나오다니……."

"……."

"혹 당시 내가 봤던 기 박사가 본인 아니었소? 기시준 박사는 이미 오래전에 죽었고? 기 형은 기 형이 도를 넘어선 실험을 하고 있다는 사실을 알고 가문에서 내치려던 형님을 홧김에 죽여 버렸소. 그리고 형주에 은거하던 기 형에게 능수지통이 찾아왔을 것이오. 가문의 기밀을 발견할 수 있는 좋은 기회가 있다면서. 그리고 그 연극을 한 것이오."

"내가 왜 굳이 연극을 했다고 생각하시오?"

"그 이유로는 장차 천살가를 통해 본 교 내부 속 깊이 파고든 기 형을 후에 내가 알아볼까 그랬을 것이오. 어차피 그 당시에 나는 기시준, 기시흔 형제가 존재한다는 사실조차 몰랐으니, 속이기야 참 쉬웠겠지. 원래 진짜 사기꾼이라면 일이 발생하기도 전에 사람을 미리 속여놔야 하는 것 아니겠소?"

"참, 재밌는 이야기요."

"기시준 박사였다면 한번 듣는 것만으로도 그 모든 걸 기억할 오성이 있었겠지만, 기 형에겐 그런 오성까진 없었나 보오. 그래서 받아 적은 것이지."

"그럼 그런 오성이 없는 나는 금제에서 벗어난 만큼 기문둔갑과 술법에 능하지도 않을 것이오."

확실히 논리적인 변론이었다. 하지만 피월려는 날카롭게 맹

점을 꼬집었다.

"가문의 기밀을 얻고 나선 이야기가 달라지오. 그걸 얻은 제갈미는 단숨에 입신에 가까운 경지에 이르렀다 했소. 물론 본인 말이긴 하지만 말이오. 그러니 기 형에게도 성장은 있었을 것이오. 기 형은 평범한 오성을 가졌으니, 제갈미처럼 입신에 가까운 경지에는 이르지 못했지만 금제에선 어느 정도 자유로워지는… 뭐, 그 정도의 성장 아니겠소?"

"……."

"그것이 마지막이자 네 번째 이유. 만약 내 말이 틀렸으면, 틀렸다고 말해보시오."

천살성은 거짓말을 간파한다.

기시혼은 말이 없었다.

대신 그의 눈빛은 한없이 진한 살기가 울렁거렸다.

피월려는 빙그레 웃으면서 말했다.

"기 형. 내가 한 가지 더 말해주겠소. 내 생각인데, 천살가에서 이 의심을 나만 하는 것이 아니오. 한 명이 더 있소. 누굴 것 같소?"

"글쎄. 생각해 본 적 없어."

어투가 바뀌었다.

그 뜻은 인정하겠다는 것.

피월려는 정답을 말해주었다.

"바로 가주님이오. 그래서 이번 전투의 책략을 내게 맡기게 된 것이오."

기시혼이 말도 안 된다는 듯 으르렁거렸다.

"그럼 가주가 그걸 다 알고도 나를 계속 천살가에 두는 이유는 뭐냐?"

"금제에서 벗어나 있는 꼴이 흥미로웠기 때문 아니겠소? 그걸 벗어나는 방법이 궁금하기도 하고. 가주는 이번 일이 이렇게 흘러갈 것이란 걸 알았을 것이오. 그래서 사람을 고용하여 그로 변장을 시켜 보선에 탑승시켰소. 지금 진짜 가주께서 어디 계신지는 뭐, 불 보듯 뻔하지."

"……."

"내가 한 추리 중에 틀린 것이 있으면 정정해 주시오."

기시혼은 기가 막히다는 듯 헛웃음을 지었다.

그는 가만히 서서 땅을 내려다보며 허탈한 웃음소리를 내다가 이내 속마음을 털어놓았다.

"첫째, 홧김에 형님을 죽인 것이 아니다. 가문의 기밀을 얻을 수 있다는 능수지통의 말을 듣고 행한 것이지."

"흐음… 날 따라 하는 것이오?"

피월려의 물음에도 기시혼이 아랑곳하지 않고 말을 이었다.

"그리고 둘째, 의도적으로 연기한 적은 없다. 천살가에 입적하고 달라진 내 외견을 네가 못 알아본 것일 뿐. 그 당시엔

해답을 얻지 못해 심신 모두 피폐했었지. 가문의 기밀을 얻고 나서 풀리지 않던 문제들이 풀리고, 천살가에 입적해 천살성의 살심을 다스릴 수 있게 되자 육신에도 살이 붓기 시작해 이렇게 정상적인 외관을 갖추게 되었다. 그땐 그저 가문을 대표하기 위해서 형님의 이름을 썼을 뿐이야."

"아, 그런 것이오? 정말 완전히 딴사람이 되었군."

"셋째로는 형주에 은거하고 능수지통을 만난 게 아니다. 그 전부터 그와 교류하며 기문둔갑과 술법을 배웠었다. 스승이라면 스승이지."

"처음부터 능수지통의 사람이었군. 그의 무엇이 그를 섬기게 만들었소?"

"인체 실험을 할 정도로 인간의 몸에 심취해 있는 사람이라면 능수지통의 실험들과 그 과정 및 결과를 자세히 적은 학술서에 매료되지 않을 수 없지."

"문(文)에 미쳤군."

"무에 미친 너라면 이해하지 않나?"

피월려는 미소로 대답하고는 정서철을 향해 고개를 한 번 까닥였다.

"정 선주는 어떻게 설득했소?"

기시혼이 대답했다.

"너도 오늘 정 선주와 손을 잡고 천포상단을 뒤집으려는 시도를 하려 했잖느냐? 그걸 내가 미리 했을 뿐이다. 그의 마음에 야망을 불어넣은 건 너지만 그걸 행동으로 키운 건 나다. 이미 정 선주는 백도 쪽으로 마음을 굳혔어."

피월려는 나지막하게 말했다.

"그래서 남궁세가에서도 뱃길을 쉽게 바꾼 것이오? 기 형을 통해서 이쪽 정보를 이미 다 아니, 천살가에서 준비한 선물이 보선의 밑바닥에 있다는 것까지도 알았을 것이고, 또 계획에 대해서 대처도 해놨겠군."

기시혼은 깊게 숨을 내쉬고는 두 손을 앞으로 뻗었다.

그의 양 손가락에 달린 열 개의 손가락이 제각각 다른 생물인 것처럼 징그럽게 꿈틀거렸다.

"대처할 필요도 없지. 내가 이미 잠우곡을 쓸어버려 계획을 모두 물거품으로 만들었다. 그 계획은 배가 없으면 끝이니까. 계획을 너무 정교하게 짜놓으면, 하나만 어긋나도 송두리째 무너진다, 피월려. 도도한 책사처럼 멋들어지게 차나 마시며, 계획대로 모든 것이 흘러가는 것을 거만한 눈길로 구경하고 싶겠지만, 그런 어린아이 같은 마음으론 강호에서 살아남을 수 없다. 사람들이 복잡한 계획을 짤 수 없어서 안 짜는 것이 아니다."

"지당한 말씀이시오. 계획이란 건 사실 포괄적으로 짜야 하지, 능수지통이나 패천후처럼 허세에 찌든 인간들이나 그렇게 세밀히 짜는 것이오."

자기를 쏙 빼놓은 피월려의 부드러운 대꾸에 기시흔이 살기 어린 목소리로 씹어 내뱉듯 말했다.

"아직도 여유롭기 그지없군. 자, 이 상황은 어떻게 모면할 거지? 이 상황에 대한 네 계획은 무엇이냐? 어서 보여봐라."

피월려는 조용히 효천관을 입에 가져가 물었다.

제일백사장(第一百四章)

좌도(左道).

무공을 익히는 무림인은 무에 목적을 둔 무공을 우도라 칭하고, 그 외에 것을 좌도라 칭한다. 다시 말하면 좌도의 공부는 무를 목표로 하는 것이 아니다.

예를 들면 불을 일으키는 화공(火功), 질병을 주입하는 독공(毒功), 혈도를 막아버리는 점혈(點穴), 속임수의 집합인 암공(暗功), 환상을 보여주는 환술(幻術), 정신을 억죄는 금제(禁制) 등이 있다.

구파일방의 노장로들처럼 깐깐한 기준을 가졌다면 거기에

검기와 검강까지도 포함시킬 것이고, 오랫동안 강호에서 활동한 낭인들처럼 완만한 기준을 가졌다면, 독 정도는 뺄 것이다. 이렇듯 좌도는 그 의미에서부터 상당히 포괄적이며 다양하다.

우도에는 강함과 빠름 그리고 정확함과 같이 보편적으로 공유되는 기준이 있어, 서로의 강약을 비교할 수 있다. 내 검과 적의 창, 혹은 내 검기와 적의 장풍처럼, 서로 정면으로 대결하여 우위를 가릴 수 있다.

하지만 좌도는 그렇지 않다. 불과 검 중 어떤 것이 더 강한지를 어떻게 판단할까? 독과 점혈 중 어떤 것이 더 강한지를 어떻게 판단할까? 아무도 명쾌한 대답을 하지 못한다. 그저 상황에 맞게 잘 쓰이고 조건에 맞게 잘 쓰이는 것이 바로 상위의 것이다.

때문에 무를 추구하는 무림인은 좌도를 천대한다. 적어도 우도를 중심으로 잡고 거기에 더해서 부차적인 의미로 좌도를 익혀야 한다고 생각한다. 독을 쓰더라도 검에 바르든가 단검에 묻혀 써야 하며, 불을 일으킬 수 있더라도 주먹과 장풍에 그것을 담아야 하고, 점혈을 아무리 잘해도 지공에 그것을 담아내어야 한다. 웬만한 좌도도 실력이라 인정하는 흑도에서조차 우도가 주(主)이고 좌도는 부(附)라는 생각까진 없어지지 않았나.

하지만 좌도가 주(主)인 무공을 익혔다는 기시혼.

그의 무공은 과연 어떤 것인가?

피월려는 으드득거리며 열 손가락을 연주하는 기시혼을 향해 말했다.

"죽기 전, 어떤 무공을 익혔는지나 알고 보내주시오."

기시혼은 빙그레 웃으면서 피월려에게 다가가기 시작했다.

"무슨 심계를 걸 생각인지 모르겠으나, 오늘만큼은 그 세 치 혀로 살아남을 수 없을 것이다. 잡담은 그만하고 어서 네가 가진 패를 꺼내봐라."

"내게 무슨 패가 있겠소?"

"패가 없었다면 여기서 네가 품은 의심을 선언할 이유도 없지."

"내가 의심을 밖으로 드러낸 이유는 어차피 여기서 죽을 거라는 것을 알았기 때문이오. 마지막 가는 길에 알고 죽고 싶었소."

"거짓말하지 마라."

"내 마음을 보시오. 천살성에겐 거짓이 통하지 않지 않소?"

그 자리에 멈춰선 기시혼은 한쪽 볼을 씰룩이며 외쳤다.

"그 고요한 마음에선 아무것도 느껴지지 않는다. 거짓을 말한다 해도 내가 알 수 없지."

"그건 금제를 벗어나려고 하면서 생긴 부작용 아니오? 살기에 관한 날카로운 감각이 무뎌지며 서서히 살기에 잠식되어

가는 것이?"

기시혼의 눈썹이 꿈틀거렸다.

"어디까지 알고 있는 것이냐?"

피월려는 제대로 대답하지 않고 딴청을 피웠다.

"그런데 그렇게나 내 마음이 고요하다니, 참으로 놀라운 일이오. 심공도 잃어버렸는데."

기시혼은 정서철에게 시선을 돌렸다. 정서철은 당황한 것인지 이마에 흐르는 식은땀을 훔치면서 고개를 한 번 크게 끄덕였다.

죽이자는 신호.

기시혼이 말했다.

"이제 보니 시간이라도 끌어보겠다고 말이 많은 것이로군."

기시혼은 다시 걸음을 걷기 시작했고, 피월려는 평온한 표정으로 말했다.

"저승에서 내가 어찌 죽었나 물어보면, 대답이라도 할 수 있게 해주시오."

거리는 대략 반 장. 몇 발자국만 더 걸으면 충분히 팔에 닿을 정도였다.

기시혼이 말했다.

"인간의 몸은 물로 되어 있고, 그것에 형태를 부여하는 근골로 이뤄져 있다. 내가 익힌 육유곡골마공(肉流曲骨魔功)은 육신의 형태를 비틀어 버리는 마공이다."

"그 독우를 죽였을 때 썼던 그 마공이오?"

"비슷하지."

"흐음."

"이제 죽어라, 피월려. 그 좋은 머리를 가졌어도 힘이 없으면 결국 낙오되는 것이 무림이다."

기시혼의 손이 뱀처럼 움직여 피월려의 목에 닿았다.

아니, 닿으려 했다.

탁.

갑작스레 하늘에서 떨어져 기시혼의 팔을 잡은 손은 주름이 가득했다.

"시혼아. 배신의 말로가 어떻게 되는지는 잘 알겠지."

온몸에 흙먼지와 땀이 가득한 악누가 살기와 마기가 혼탁하게 뒤섞인 두 눈으로 기시혼을 보았다. 기시혼은 비릿한 미소를 지으며 역시 그 두 눈에 살기와 마기를 담았다.

그 둘은 그대로 선 채 미동도 하지 않고 서로를 응시했다. 그 둘에게서 뿜어져 나오는 마기와 살기에 완전히 노출된 정서철은 이를 딱딱거리며 몸을 부들부들 떨었다.

으드득거리는 소리가 기시혼의 팔과 악누의 손에서 연속적으로 났다. 둘의 뼈와 근육이 마구 뒤틀리며 서로가 가진 최고의 내력으로 씨름했는데, 어느 한쪽이 우월하다 말할 수 없었다.

기시흔이 말했다.

"소식이 닿은 즉시 출발했어도 하루밖에 되지 않는데, 여기까지 오시느라 참 고단하셨겠습니다?"

"오냐. 경공으로 달려오는 동안 수 번이나 내력이 고갈 났지, 아마? 그래도 내 동생의 죽음에 관여한 네놈을 쳐 죽이겠다 상상하니 마기가 절로 모이더구나."

"동생분의 죽음과 저는 연관이 없습니다."

"백도의 손에 죽은 이상, 그쪽에 정보를 넘긴 네놈에게도 책임이 없다 할 순 없느니라."

기시흔이 팔을 접자, 그의 팔을 잡고 있던 악누의 손이 힘없이 따라갔다. 동시에 악누의 몸이 부들부들 떨렸다. 악누가 기시흔의 힘을 이겨내지 못한 것이다.

기시흔이 여유롭게 말했다.

"실수하셨습니다. 내력이 고갈 난 상태로 나타나신 건."

악누의 눈빛에 이채가 서렸다. 기시흔의 마음에서 전혀 두려움을 찾아볼 수 없었기 때문이다.

오히려 호승심이 엿보였다.

"네놈… 스스로를 천마라 보는구나!"

지미외 천마 간에는 도저히 어떻게 해볼 수조차 없는 격차가 있다. 따라서 기시흔이 스스로를 천마급이라 생각하지 않는다면 악누의 등장에 호승심을 품을 수 없을 것이다.

기시혼은 가슴을 펴며 당당히 말했다.

"오늘 확인하게 될 겁니다."

탁!

기시혼이 팔을 크게 휘둘러 악누의 손을 쳐냈다. 그와 동시에 악누의 배를 향해 발을 찼다. 팔을 따라가느라 중심을 잃은 악누는 오른쪽 무릎을 겨우 접어, 기시혼의 발차기를 방어했다.

'퍽' 하는 둔탁한 소리와 함께, 악누의 몸이 옆으로 꼬꾸라졌다. 기시혼은 그대로 따라붙어 양팔을 앞으로 쭉 뻗었다.

"어딜!"

악누는 허리를 뒤로 젖히면서 양다리를 치켜들어 기시혼의 양팔을 위쪽으로 차냈다. 또한 내력을 담아 왼손으로 땅을 짚으며 회전을 시도했다.

부— 웅!

악누는 급선회하며 앞으로 치고 올라왔고, 그 모든 힘은 그의 오른손에 집중되었다. 악누가 오른손을 펴고 기시혼의 가슴팍을 때렸다.

퍽!

옷이 터지는 소리와 함께, 기시혼의 몸이 뒤쪽으로 쭉 밀려났다. 하지만 일어선 악누의 표정은 좋질 못했다. 내력으로 보호된 기시혼의 신체에 전혀 피해를 주진 못했기 때문이다.

악누는 옷을 털더니, 화풀이하듯 옆으로 발을 휘둘렀다. 갑작스러운 그 공격에 정서철은 움찔하지도 못하고 얼굴을 내주고야 말았다.

"커헉!"

이가 모조리 나가고, 얼굴뼈가 반쯤 뭉개진 정서철은 그대로 절명했다. 악누는 뻗은 발을 그대로 반월을 그리면서 위쪽으로 가져왔는데, 그 발끝에 얼굴이 박혀 버린 정서철의 몸이 그대로 딸려왔다.

"쿨컥. 커헉."

완전히 빠져 버린 턱과 악누의 발 사이로 피와 뇌수가 쏟아지며 이상한 소리를 내었다. 악누는 그 시신을 위아래로 한번 훑고는 왼손을 허리에 가져간 뒤에, 심장을 향해 내질렀다. 그러자 그 다섯 손가락이 그대로 정서철의 가슴팍에 박혔고, 그대로 그 심장을 꺼냈다.

피가 툭툭 떨어지는 그 심장을 악누는 한입에 넣어 씹었다. 사방으로 그 피가 비산했고 피월려에게도 빗물처럼 쏟아졌다.

그 광경을 본 기시혼이 중얼거렸다.

"식심마공(食心魔功)……."

악누는 정서철의 심장을 삼켰고, 트림까지 해 보였다.

"꺼억. 별거 없는 놈이로군. 이래선 강기(罡氣)도 몇 발 못

쓰겠어."

기시혼은 열 손가락을 기형적으로 꿈틀거리며 자세를 잡았다.

"그런 지독한 마공을 펼치셨다간 살심을 다스리지 못하게 될 것입니다, 형주님."

"마공이 아니다. 천살지체가 가진 특성이지. 반쪽짜리 천살성인 네놈이 뭘 알겠느냐?"

"……"

"왜? 천살성에 대해서 모든 것을 파악했다 생각했는데, 모르는 것이 나와 당황했느냐?"

기시혼은 확실히 당황한 표정을 짓고 있었다. 하지만 곧 서서히 웃음이 번져 나갔다.

"역시 형주님도 시간을 끌고자 하는 것입니까?"

"아니, 더 올 사람도 없다. 그러니 즐겨보자구나."

기시혼은 입술을 비틀더니, 곧 경공을 펼쳐 악누에게 다가왔다. 그의 열 손가락엔 붉고 검은 기운이 감돌고 있었다.

이를 본 악누의 표정이 진지해졌다.

악누는 양 손가락을 입으로 가져가더니, 한 번에 꽉 하고 깨물어 모든 손톱을 모조리 깨뜨렸다. 그러자 핏물이 배어 나오기 시작했는데, 그 핏물로 그의 양손을 씻듯이 쓰다듬었다. 그러곤 자세를 잡아 기시혼이 완전히 다가오기도 전에 자세를 잡고 정면으로 일권을 내질렀다.

슈— 육.

대기를 뚫어내는 날카로운 권풍이 그 혈권에서 뿜어져 기시혼에게 날아갔다. 그것을 본 기시혼이 눈을 부릅떴다. 주먹으로 발경하기 위해선 매개체인 수투(手套)가 필요한데 그것도 없이 권풍을 뿜어냈기 때문이다.

의문의 해답을 찾는 건 나중이다. 기시혼은 우선 바로 속도를 줄이면서 열 손가락을 앞으로 뻗어 권풍을 오른쪽에서 왼쪽으로 쳐냈다.

'팟' 하는 소리와 함께 권풍이 허무하게 사라졌다. 대신 기시혼의 열 손가락에 넘실거렸던 흑적색의 기운도 함께 가져갔다.

그 순간 기시혼은 오른쪽 아래에서 엄청난 마기가 집중되는 것을 느꼈다. 그가 고개를 돌려보니, 그곳엔 그의 허리만큼 자세를 낮추고 그대로 들어온 악누가 핏물이 가득한 왼쪽 주먹을 쥐고 기시혼의 사타구니를 노리고 있었다. 기시혼은 즉시 보법을 펼쳤다.

퍽. 사타구니에서 조금 빗나간 오른쪽 허벅지를 가격당한 기시혼은 크게 휘청거렸다. 다행히 권풍을 쏜 직후에 내지른 수먹이라 그 속에 내력이 없어 뼈가 부러지긴 않았다. 하지만 혈관은 터졌고, 근육은 짓이겨졌다. 피해가 전혀 없다고는 할 수 없었다.

악누는 그대로 왼 주먹을 활짝 펼쳐 기시흔의 허벅지를 붙잡았다. 그리고 두 다리로 강하게 땅을 밟으면서 있는 힘껏 잡아당겼다. 그러자 으득 하는 소리와 함께 기시흔의 오른쪽 다리가 골반에서 빠져 버렸다.

기시흔은 고통을 애써 무시하곤 양 주먹을 교차하여 쥐곤 하늘 높이 들었다가, 그의 다리를 붙잡고 있는 악누의 등을 향해 내려쳤다.

'쿵' 하는 소리와 함께 엄청난 충격이 악누에게 떨어졌다. 악누는 기시흔의 허벅지를 놓쳐 버리곤 그대로 바닥으로 추락했으나, 기적적으로 양손으로 땅을 받쳐 충격을 완화시켰다.

기시흔은 빠진 오른발을 다시 넣을 시간이 없다는 걸 깨닫고, 그걸 그대로 중심축으로 삼아 빙글 돌면서 왼발로 악누의 이마를 차올렸다. 악누는 제시간에 맞춰 양손을 이마에 가져가 내력을 불어넣어 방어했다.

'팍' 하는 소리와 함께 이마 쪽을 가격당한 악누는 그 충격을 거스르지 않고 그대로 몸을 공중에 띄웠다. 그러나 충격이 예상보다 커서 뇌가 조금 흔들리는 것을 감수해야 했다.

시야는 흐려졌고, 균형을 잡을 수 없었다. 기시흔의 기척도 순간 희미하게 변해 종잡을 수 없었다. 물론 곧 회복되겠지만,

순간적으로 외부 감각과 완전히 끊겼고 이런 긴박한 상황에선 그보다 더 위험한 건 없었다.

그럼 먹이를 줘야 한다.

무엇을 희생할 것인가?

악누는 왼팔을 희생하기로 하곤, 일부러 그의 왼팔을 앞쪽으로 슬며시 뻗었다. 곧 기시혼이 그 중지를 잡은 느낌이 났다. 악누가 무슨 꿍꿍인 줄 몰라, 더 깊게는 들어오지 못한 것이다.

이는 천운이다. 악누는 속으로 미소 지으며 그곳으로 향하는 모든 혈맥을 끊어버렸다.

파— 삭!

낙엽이 찢어지는 듯한 소리를 내며 그 중지가 말라비틀어져 버렸다.

"아닛!"

기시혼은 입 밖으로 소리를 낼 수밖에 없을 만큼 당황했다. 그가 익힌 육유곡골마공은 인간의 신체 어디라도 그 손가락에 닿는 즉시 전신의 근골을 비틀어 버릴 수 있기 때문이다. 하지만 악누가 이를 미리 알고 그 마공이 중지를 타고 전신에 영향을 미치기 전에 완전히 혈맥을 끊어버린 것이다.

기시혼이 당황하는 사이, 악누의 의식이 감각을 되찾았다. 하지만 정밀한 공격을 하기에는 역부족.

악누는 그대로 돌진하여 기시혼의 몸에 자신의 몸을 박아 버렸다.

'쿵' 하는 소리와 함께 두 몸이 그대로 땅에 엎어졌다.

땅에 먼저 누운 기시혼이 왼쪽 손을 위로 뻗어 따라 쓰러지는 악누의 얼굴에 가져갔다. 손가락에 악누의 피부가 닿는 즉시 그의 근골을 뒤틀어 버리면, 이 진흙탕 싸움도 끝이 날 것이다.

하지만 악누는 호락호락 기시혼의 의도대로 움직이지 않았다. 재빨리 오른손으로 기시혼의 팔목을 잡아 꺾었다. 동시에 기시혼의 머리를 공격하듯 그대로 왼쪽 주먹을 들어 올렸다. 기시혼은 재빨리 오른손을 얼굴에 가져가, 떨어지는 악누의 주먹으로부터 보호했다.

퍽. 퍽. 퍼억. 퍼억.

연거푸 쏟아지는 악누의 주먹은 기시혼의 손바닥에 매번 가로막혔다. 하지만 주먹은 멈출 줄 몰랐다. 악누는 기시혼이 쳐내는 그 반발력을 그대로 이용해 범인의 눈엔 보이지도 않는 속도로 계속해서 주먹을 내려쳤고, 기시혼도 그에 맞춰서 얼굴을 방어했다.

그런데 꺾인 기시혼의 오른손 손가락 끝에 서서히 내력이 모이는 것을 엿본 악누가 큰 소리로 외쳤다.

"어딜 감히!"

악누는 손에 내력을 불어넣어 기시혼의 꺾긴 오른손을 더욱 안쪽으로 꺾어 그의 얼굴에 닿게 했다. 그러면서도 왼손으론 쉴 새 없이 주먹을 내려쳐 기시혼의 혼을 쏙 빼놨다.

이대로 가다간 스스로의 마공에 얼굴이 닿아 죽게 생긴 기시혼이 오른손에서 내력을 거두었다. 떨어지는 주먹을 계속해서 쳐내면서 더 이상 방도가 없다고 생각한 기시혼은 전신의 모공을 열었다.

그렇게 검붉은 기운이 그의 온몸에 넘실거리자 악누는 주먹을 멈추곤 즉시 보법을 펼쳐 뒤로 물러났다. 그가 막 벗어난 사이에 기시혼의 몸에서 반탄지기(反彈之氣)가 뿜어졌다. 멀리 선 악누는 양손을 허리에 모았다가 앞으로 내지르면서 권풍을 일으켰고, 그러자 원형으로 넓어지던 반탄지기의 한쪽에 구멍이 생겼다.

그 속으로 그대로 달려 들어간 악누는 그 안에서 막 자세를 잡아가던 기시혼의 목을 오른손으로 틀어쥐었다.

"크흑!"

기시혼은 왼손으로 악누의 오른 손목을 탁 하고 잡았다. 하지만 막 반탄지기를 뿜어낸 그의 몸에서 내력이 솟아날 리 만무. 육유곡골마공에 근골이 뒤틀려 죽음을 맞이해야 할 악누는 멀쩡했다. 기시혼은 이를 악물고 눈에 힘을 줘 며살을 잡은 그 손을 잡아 내렸는데, 이상하게도 너무 쉽게 그의 인도

대로 손이 내려왔다.

이는 다른 곳에 집중하고 있다는 뜻.

'퍽' 하는 소리와 함께 왼쪽 허리에서 고통을 느낀 기시혼은 악누가 멱살을 잡은 손에서 일부러 힘을 빼며 그를 속였다는 걸 깨달았다. 악누가 찬 오른발이 기시혼의 허리 속으로 깊게 들어가며 그의 장기를 뒤틀었고, 기시혼은 막심한 고통을 느끼며 쓰러졌다.

악누는 뒤로 살포시 물러나, 오른쪽 주먹에 내력을 모았다. 곧 그 주먹엔 백색의 기가 모여들었고, 주먹에 덧씌워진 피를 매개체 삼아 권풍이 뿜어졌다.

기시혼은 하는 수 없이 다시 한번 진기를 일으켜 반탄지기를 또다시 펼쳤다. 악누는 냉정하게 뒤로 보법을 밟아가며 뿜어진 반탄지기로부터 멀어졌다.

그가 벌린 거리는 이 장. 거의 산들바람처럼 느껴질 정도로 옅어진 반탄지기가 시원하게 악누의 몸을 훑고 지나갔다.

"서늘하군."

"하악. 하악. 하아악."

악누가 슬쩍 보니 기시혼은 서 있을 힘도 없어 양팔과 두 다리로 엎드려 있었다. 그의 온몸이 땀으로 젖었고, 그의 두 눈은 잔뜩 충혈되어 있었다. 당장에라도 쓰러질 것처럼 거친 숨을 내쉬면서 호흡을 고르고 있었다.

악누는 말라비틀어진 그의 중지로 시선을 돌리며 중얼거렸다.

"이만하면 회복해도 되겠어."

악누는 눈을 감고 전신에서 마기를 긁어모았다. 그리고 그의 중지에 집중하여 혈맥과 기혈을 모두 열어 그 속에 생기를 불어넣었다. 그러자 말라비틀어진 그의 중지가 서서히 부풀어 오르더니, 이내 곧 정상적인 모습을 되찾았다.

악누는 이에 그치지 않고 긴 심호흡을 통해서 텅텅 비었던 단전을 내력으로 채웠다. 어느 정도 단전이 차오른 것을 느낀 악누가 만족한 미소를 얼굴에 띠우며 눈을 떴다.

그가 회복하는 동안, 같이 회복에 집중했던 기시혼이 말했다.

"후우. 훅. 제게 회복할 시간을 주지 말았어야 했습니다, 악형주님."

악누는 가소롭다는 듯 기시혼을 내려다보았다.

"만지는 것만으로도 사람을 죽일 수 있는 희대의 마공을 익혀놓고도, 초접근전(超接近戰)의 기본도 모르니 그리 당하는 것이다. 네놈을 쳐 죽이기 전에 이 세상엔 절대 넘을 수 없는 벽이 있다는 걸 친히 가르쳐 주마."

"사만하십니다."

"자만? 벌레와 노는 것이 자만이더냐? 내가 내력을 되찾았으니, 이젠 장난은 없다. 육신으로 공방을 나누는 것조차 이 늙은 본좌의 발끝도 따라오지 못하거늘, 내력의 흐름까지 포함한 싸움은 더 말할 것도 없지."

기시혼의 한쪽 입꼬리가 꿈틀거렸다.

"후회하실 겁니다."

그가 손으로 자기 허벅지를 만지자, 그의 발이 마치 채찍처럼 물결치더니 골반에서 빠진 넓적다리뼈가 순식간에 제자리를 찾았다.

악누는 독수리처럼 손을 쫙 펼쳤다. 그러자 열 손가락의 끝, 부서진 손톱에서 역혈지체의 놀라운 치유력으로 완전히 아물었던 상처가 다시 벌어졌다. 그리고 뜨거운 선혈이 뿜어져 땅에 비처럼 쏟아졌다.

악누는 자기 피로 손을 씻었다. 그리고 그 피에 내력을 주입하며 초진동을 일으켰다. 그러자 그의 손에서 새빨간 빛이 일렁이더니, 반투명한 붉은 유리처럼 변했다.

검신에 검기를 붙잡아두는 것이 어기충검이라면, 악누가 선보인 것은 자기 피로 만든 혈권에 권풍을 붙잡아두는 어기충권(御氣充拳)이다.

무엇이든지 그렇지만, 주먹에 내력을 담으면 마치 그 주먹의 본래 무게가 늘어난 것 같은 효과가 생긴다. 수투를 착용한다면, 그 수투의 무게까지도 포함하여 무게가 늘어난 효과가 생긴다.

그렇게 내력을 주입하면 주입할수록 무거워진다. 두 배, 세 배, 네 배… 그러다가 집약할 수 있는 내력의 총량을 넘어서면 내력이 난폭해지며 외부로 나가려 하는데, 이것을 쏘아 보내는 것을 발경이라 한다. 검의 발경인 검기나, 권의 발경인 권풍은 각각 검과 수투가 품을 수 있는 최댓값의 내력을 가진 채 쏘아지기 때문에, 그토록 강력한 것이다.

그런 내력의 최댓값을 그대로 주먹에 가두고 유지하는 어기충권은 어기충검과 마찬가지로 내력도 필요하지만 심력을 더욱 필요로 한다. 흉포해질 때로 흉포해져 어디로 튈지 모르는 내력을 다스리기 위해 온 마음과 정신을 다하여 집중해야 하기 때문이다. 내력은 오히려 한번 어기충권이 충전되기만 하면 소모되지 않기 때문에, 권풍보다 더 소모가 적다.

악누가 자세를 잡으며 말했다.

"천마급이라면 어기충지(御氣充指) 정도는 하겠지."

기시흔의 열 손가락에 검붉은 기운이 팟 하고 솟아올랐다.

"이미 하고 있었습니다."

악누가 눈초리를 좁히고 그것을 보더니 이내 그 원리를 발견할 수 있었다.

"아 그것이 어기충지더냐? 흐음 그냥 술법인 줄 안았는데, 이제 보니 공기를 붙잡아두고 그것으로 매개체를 삼았군. 하!

공기를 손가락 주변에 붙잡아두는 그 기술은 정말로 신기하구나."

"그건 술법입니다."

"오호라. 술법으로 공기를 붙잡아두고 그걸 매개채로 사용하여 어기충지를 일으켰다? 역시 좌도의 수행이 깊구나."

"자신의 혈액을 손에 발라 수투처럼 사용하는 형주님의 마공도 만만치는 않습니다만, 이건 그것보다 훨씬 뛰어난 것입니다. 닿기만 해도 최소 사지를 못 쓰시게 될 겁니다."

"하! 네놈은 어리석게도 그 술법을 믿고 우도를 너무 소홀히 했느니라. 오늘 본좌가 하늘 위에 하늘이 있다는 걸 보여주마!"

악누는 무릎을 접었다. 한데 당연히 낮아져야 할 그의 몸이 공중으로 붕 떠올라, 기시혼의 머리보다 더 높이 솟구쳐 올라갔다. 악누는 오른손을 허리춤에 가져갔다가 그대로 정권을 내질렀다.

악누의 표정은 쾌락으로 물들어 있었다.

콰ー룽!

공기가 터지는 소리가 울리더니, 그의 혈권에서 새빨간 빛이 뿜어졌다. 이는 권풍(拳風)을 넘어선 권태(拳颱)! 검으로 검강을 내뿜듯 권으로 권태를 내뿜은 것이다.

기를 집약하고 또 집약하여 실체화시킨 강기. 권을 통해 형태를 갖춘 강기인, 권태는 검강과 마찬가지로 세상에 존재할 수 없는 것이기에 빠른 속도로 빛으로 화했다. 때문에 사방을 붉은빛으로 물들이는 권태에는 가공할 기운이 포함되어 있어, 그것에 닿는 모든 것을 분쇄해 버릴 것 같았다.

기시혼은 그것을 피할 수 없었다. 권태의 뒤로 악누가 그대로 따라붙어, 조금이라도 자세를 변경하면 그대로 선수를 내줄 것이기 때문이다.

기시혼은 그의 열 손가락에 내력을 불어넣곤 꽃처럼 모아 권태를 향해 뻗었다.

피시식!

손가락에서 뿜어진 강기, 지태(指颱)는 권태보단 음량이 약하지만 귀를 뚫는 듯한 높은 음을 내었다. 처음은 열 가닥으로 뿜어진 지태가 공중에서 모여 검붉고 굵은 하나의 선을 이뤘고, 곧 떨어지는 권태와 부딪쳐 공중에서 폭발했다.

콰쾅!

두 강기가 충돌하자 사람만 한 바위를 산산조각 낼 만큼 파괴력이 강한 폭탄이 터진 것 같았다. 두 태풍이 부딪치며 그 힘이 사방으로 터져 나갔다. 기시혼은 뒤로 훌쩍 뛰어 거리를 벌렸다.

희기만 아누는 효심강기를 전 모공에서 내뿜으며 그대로 달려들어 기어코 기시혼의 목을 틀어쥐었다.

강기로 하는 반탄지기, 호신강기(護身罡氣)!

그것은 가진 모든 전력을 모조리 소모하여, 온몸으로 강기를 뿜어내 주변의 모든 것을 밀어버리는 최후의 수법이다.

붉은빛이 악누의 몸에서 폭사되면서 사방을 날려 버렸다.

기시혼은 당황했지만 때늦지 않게 호신강기를 내뿜어 악누의 호신강기에 대응했다.

콰콰쾅!

흙먼지와 찢어진 옷가지가 공중에 비산했다. 기시혼은 전신으로 강기를 내뿜느라, 기혈이 완전히 고갈되었다. 또한 이대로 주저앉아 잠을 자면 소원이 없을 정도로 탈진했다. 다만 그로서 다행인 것은 악누도 더 심하면 심했지, 적은 피해를 입진 않았다는 점이다.

실제로 기시혼의 목을 틀어쥔 악누의 손에서 힘이 빠져나가고 있었다. 기시혼은 그 손을 붙잡아 육유곡골마기를 주입하고 싶었지만, 텅 빈 그의 단전에는 조금의 마기도 남아 있지 않았다.

그때였다. 악누의 주먹이 기시혼의 명치에 들어온 건.

퍽 하는 소리와 함께 기시혼은 숨이 절로 나가는 것 같았다.

"컥."

기시혼은 역혈지체의 단단함 덕에 내력이 없는 악누의 주먹에 치명상을 입진 않았다. 아니, 악누도 탈진하여 그 주먹에 무게도 담지 못했기 때문에, 이렇다 할 피해조차 주지 못했다. 하지만 견디기 힘든 고통을 유발했다. 기시흔은 숨이 턱 막혀 이후 몸을 잡아 넘어뜨리는 악누의 유술(柔術)에 속수무책으로 당해, 땅에 내동댕이쳐졌다.

악누는 그대로 쓰러지는 기시흔의 몸에 올라타, 그의 가슴팍에 앉았다. 그러곤 목을 잡던 왼손으로 기시흔의 머리카락을 붙잡고 잡아들어 올려 그대로 땅바닥에 내리꽂았다.

쿵!

기시흔의 눈꺼풀이 뒤집혔다.

그가 정신을 되찾기까지의 찰나의 시간을 벌었다.

악누는 바닥난 단전에 정말 몇 방울밖에 모이지 않은 마기를 전부 오른쪽 주먹에 담았다. 하지만 너무나 적은 량인 것과 동시에 기혈이 모조리 탈진했기 때문에, 그 시간은 그의 생각보다 오래 걸렸다.

뒤로 넘어가던 눈알이 다시 앞을 향했고, 기시흔이 정신 줄을 붙잡았다. 그리고 그의 눈에 들어온 건 내력을 머금은 악누의 주먹. 지금 상태에선 완벽한 방어 수단이 없음을 깨달은 기시흔은 왼팔을 포기하기로 마음먹고 얼굴로 가져갔다.

콰— 득.

얼굴을 대신해서 그 주먹을 맞은 기시흔의 팔이 중간에서

낫처럼 구부러졌다. 뼈가 살 위로 튀어나왔고, 새빨간 핏물이 새로 판 우물처럼 콸콸 쏟아졌다. 기시혼은 그 팔을 악누의 얼굴 쪽으로 들이밀어 그의 선혈로 악누의 시야를 가린 뒤에, 그대로 다리에 힘을 주고 엉덩이를 들었다.

그러자 그 위에 앉아 있던 악누가 앞으로 꼬꾸라졌다. 기시혼은 오른손을 뻗어 그의 얼굴 위에 있는 악누의 사타구니를 틀어쥐었고, 악누는 즉시 왼손으로 기시혼의 오른손 손목을 붙잡아 혈도를 눌렀다.

기시혼이 악누의 고환을 터뜨리려고 힘을 주는 그 직전, 악누가 손목의 혈도를 눌렀다. 때문에 뇌의 통제에서 벗어난 손에는 힘이 하나도 들어가지 않았다.

기시혼은 입을 벌려 그의 손목을 잡은 악누의 왼손을 물려 했고, 악누는 서둘러 왼손을 빼면서 오른손으로 주먹을 쥐어 기시혼의 가슴을 내려쳤다.

쿵.

기시혼은 가까스로 가슴 쪽에 내력을 주입해 방어했다. 하지만 우습게도 악누의 주먹에는 아무런 힘이 없었다. 아니, 오히려 가슴을 땅 쪽으로 밀어낼 뿐이었다.

기시혼이 입에서 그도 모르게 말이 튀어나왔다.

"허초(虛招)!"

그 반발력으로 기시혼의 몸 위로 일 척 정도 떠오른 악누는 주먹을 허리춤으로 가져가 실초(實招)를 준비했다. 그리고 당황한 기시혼의 얼굴을 향해서 내질렀다.

쿠— 쾅!

바위가 깨어지면서 자욱한 흙먼지를 일으켰다. 놀랍게도 그 순간 기시혼의 몸이 바위로 변한 것이다.

악누는 주먹을 탁탁 털면서 그 자리에서 일어나며, 이 장정도 떨어진 곳에서 여유롭게 그 광경을 관전하던 기시혼을 보며 말했다.

"시혼아! 지마였다면 여기서 필히 죽었을 텐데, 잔재주를 피워 살았구나. 그렇다고 네가 천마라 생각하는 것이더냐?"

기시혼은 뼈가 밖으로 튀어나온 자기 팔을 내려다보며, 검붉은 기운이 감도는 손가락으로 이리저리 만졌다. 그러자 그의 팔이 채찍처럼 꿈틀대며 사방으로 피를 토하더니, 곧 자기 자리를 되찾았다. 게다가 즉시 새살이 돋아나더니, 상처를 메워 버렸다.

놀라운 술법으로 팔을 치유한 주먹을 몇 번 쥐었다 핀 기시혼이 대수롭지 않게 말했다.

"확실히 우도에선 형주님께서 우위에 계신 것 같습니다. 하지만 좌도란 그 우위를 쉽게 정하지 못하는 법. 제가 펼치는 술법이 무엇인지 아신다면 수월히 이길 것이고, 모른다면 전혀 손을 쓰지도 못하고 당할 겁니다. 물론 한길만 걸어온 형주님께서는 아실 리도 없고, 알아내실 수도 없을 겁니다."

악누는 독수리가 날개를 펴듯 열 손가락을 확하고 펼쳐 새로운 피를 손톱에서 내뿜었다. 그러곤 피로 주먹을 감싸며 말했다.

"본좌가 괜히 호법원주였는 줄 아느냐? 교주를 죽이기 위해서라면 별 희한한 방법을 동원하는 놈들을 전부 상대해 봤느니라. 몸을 돌로 바꾸는 건 어디 가서 말할 거리도 못 되지."

"……"

"흥! 한 두어 번만 더 하면 알 것이다. 이 술법을 믿고 스스로를 천마로 생각했다면 큰 오산이니라, 시혼아. 주문을 읊어대며 저주를 내리던 놈들도 전부 내 혈권(血拳) 앞에선 머리가 짓뭉개졌느니라."

악누는 다시 무릎을 접었고, 이번에도 역시 하늘 높이 치솟았다.

이번에는 기시혼도 동시에 뛰어서 악누와 눈높이를 맞췄다. 다만 뒤쪽으로 몸을 날리면서 거리가 좁아지는 것을 허용하지 않았다.

악누는 권태를 쏘아내려던 기운을 그대로 권에 붙잡아두고 그의 주먹을 휘감았다. 검신에 검강을 붙잡아두는 수법인 강기충검과 같은 수법으로, 이를 혈권으로 펼친 것이다. 그 주먹에 맞는 것은 그 권을 감싸고 있는 권태와 맞서는 것과 진배

없다.

기시혼이 열 손가락을 꽃처럼 피우곤 각 손가락에서 지태(指颱)를 뿜었다. 검붉은 그 열 개의 선이 하나로 뭉쳐 굵은 선이 되어 악누에게 날아가자, 공중에 떠 있던 악누는 그것을 피할 수 없었다.

그는 하는 수 없이 양 주먹을 모아 그 지태과 충돌시켰다.

콰쾅!

굉음이 악누의 코앞에서 터졌다. 악누는 반탄지기를 펼쳐 열기로부터 몸을 보호했다.

하지만 강기는 실존하기에 스스로 무게를 가진다. 거대한 나무와 충돌한 것 같은 충격으로 인해 신체가 뒤로 밀린 악누는 몇 장이고 붕 떠서 날아가 버렸다.

마찬가지로 기시혼에게도 그 폭염이 작렬했는데, 그 폭염이 휩쓸고 지나간 자리에는 검게 그을린 돌상만이 자리하고 있었다.

어느새 저 멀찌감치 달아난 기시혼은 격한 호흡을 하며 피월려를 노려봤다.

"다음에 기필코 죽여주마."

기시혼은 그대로 경공을 펼쳐 뒤로 달아났다. 그리고 한순간 쑥 하고 아래로 꺼졌는데, 그대로 절벽으로 몸을 던진 것이었다.

한쪽에 처박힌 악누가 신경질적으로 마기를 뿜어내며 일어났다. 온몸에 흙먼지와 핏물이 가득했고, 머리카락도 이리저리 비산해 있었다. 그는 몸을 탁탁 털더니, 피월려에게 다가와 그 앞에 털썩 주저앉았다.

"서신은 잘 받았느니라. 설마 했는데, 저놈이 배신자일 줄이야."

피월려는 싸움이 소강상태가 된 것을 알아채곤 말했다.

"겨우 이틀을 남겨놓고 눈치챈지라, 시간을 못 맞추실 줄 알았습니다. 듣기로는 동생분이 백도에 죽음을 당하신 것 같습니다만."

"하! 전에 철부황안(鐵斧黃眼) 후빙빙이 백도지역으로 출타해서 내 동생을 붙여주었었지. 그러다가 낙양지부에서 죽음을 맞이했느니라. 못난 놈 같으니라고."

피월려는 후빙빙과 같이 있었던 호법이 기억이 났다. 배에서 마주쳤었는데, 그가 몇 번 그의 형님을 거론했던 것이 기억났다.

피월려가 말했다.

"듣기로는 검선과 혈수마제의 양패구상 이후, 철부황안이 낙양지부의 세력을 모아 무림맹을 공격한 것 같았습니다. 그때 검선에게 죽었을 겁니다. 아마 동생분도 그때 명을 달리하지 않으셨을까 합니다."

악누는 눈을 감아 내력을 다스려 기혈을 진정시키면서 말했다.

"그땐 철부황안이 교주가 될 거라는 말이 지배적이었으니까. 교주를 보필한다는 생각을 했을 것이니라."

"……"

"하여간 동생 놈 생각이 나니, 전속력으로 올 수밖에 없었다. 백도와 붙어먹은 박쥐같은 새끼들은 모조리 쳐 죽여야 마땅하지."

피월려가 조심스레 물었다.

"형제 간의 정입니까?"

"설마."

"그럼 무엇입니까?"

악누는 씹어 내뱉듯 말했다.

"네놈이 조장(鳥葬)이니 뭐니 하는 말도 안 되는 짓거리를 하며 그 말존대 년의 시체를 삼 일 동안이나 의미 없이 기리고 있던 것과 같은 것이다."

"……"

"그래서 형님은 어디 계시는 것 같으냐? 정보가 새어 나갈까 봐 얼굴을 보지 않고는 안 알려준다고 하지 않았느냐?"

"가주께서는 아마 남궁세가가 위치한 합비(合肥)로 향하지 않았나 합니다."

"합비로?"

"합비에 남아 있는 남궁세가의 가솔들을 모조리 도륙하실 겁니다. 아마 창천호검 남궁서가 남궁세가의 무인들을 모두 끌고 나왔을 테니, 속수무책으로 당할 겁니다. 그것이 제 예상입니다."

"……."

운기하던 악누는 운기를 멈추고 말없이 눈을 떠 피월려를 보았다. 피월려의 표정은 평온하기 그지없었다.

마음 역시 그 속내를 헤아릴 수 없을 만큼 고요했다.

악누는 다시 눈을 감고 운기했다.

피월려가 물었다.

"천살가의 가족들은 어떻게 했습니까?"

악누는 딱딱하게 대답했다.

"네 말대로 행했다."

"천살가는 재산을 쌓아두지 않습니다. 지켜야 할 건물이 있는 것도 아닙니다. 그것이 이번 싸움에서 가장 큰 이점으로 작용할 것입니다."

"시가 놈이 불만이 아주 많았느니라. 그래도 가주 얼굴을 봐서 네 말을 들었지. 그를 만나면 네가 직접 그 화를 감당해야 할 것이다."

"……."

악누는 운기를 마치고 자리에서 일어나며 찢어진 옷가지를 털어냈다.

"나는 시혼이를 쫓겠다. 너는 도창(都昌)으로 향해라."

그 말에 살짝 당황한 피월려가 물었다.

"저 혼자 말입니까? 저와 함께 가시는 것 아닙니까?"

"아직 싸움이 끝나지 않았다. 이제 막 몸을 풀었지. 잠시 기혈을 회복한 것뿐이니라."

"눈이 보이지 않는데 제가 어찌 홀로 도창까지 갑니까?"

"네가 그렇게 믿는 것뿐이다."

"예?"

악누는 완전히 회복된 열 손가락의 손톱을 다시 입으로 가져가 깨물었다. 선혈이 뿜어져 그의 입가에서 흘러내렸다.

그가 양팔을 벌려 피를 한번 뿌리곤 입에 머금은 선혈을 뱉어냈다.

"한번은 시가 놈에게 네 눈에 대해서 말한 적이 있느니라. 시가 놈은 네놈이 당연히 어떤 특이한 안공을 익혔다고 생각한 모양이다. 그러곤 하는 말이, 눈이 보이나 스스로 깨닫지 못했을 뿐이라 했다. 주변에서 장단만 잘 맞춰주면 눈이 있는 사람보다 더 많은 것을 볼 것이라고 했느니라. 그 뜻이 무슨 뜻인 줄 아느냐?"

"……"

"모르겠다면 스스로 알아내 보거라. 여기서 해가 지면 들짐 승들의 먹이가 될 터이니, 생명이 아깝거든 알아내야겠지. 그럼 나중에 보자."

악누는 빠르게 보법을 펼쳐 절벽까지 다가갔다. 그리고 아래쪽을 내려다보았는데, 한 암초 위에서 가부좌를 펼치고 운기행공을 하고 있는 기시혼을 발견했다. 악누가 자기를 포기했다고 판단한 것 같았다.

악누의 얼굴 위로 쾌락이 다시 번져갔다. 그는 조금도 망설이지 않고 그대로 절벽 아래로 뛰어내렸다.

홀로 남겨진 피월려는 숨을 깊게 들이마시며 중얼거렸다.

"내 눈이 보인다라……."

그는 가만히 앉은 채, 심상을 들여다보았다.

그러자 눈에 관한 깨달음은 전혀 떠오르지 않고, 잊은 옛 기억만이 눈앞에 아른거렸다.

아니다.

잊은 것이 아니라, 용안에 의해서 통제되던 것이다.

                    *   *   *

"쿨컥. 쿨컥."

아이는 귀를 막았다.

이제 몇 번만 더 기침을 하면 멈출 거야.

저 지겨운 소리도 곧 잦아들겠지.

"쿨럭. 쿨럭."

귀를 막은 손을 좀 더 세게 눌렀다. 그래도 기침 소리는 아이의 어린 손을 뚫고 그의 얇은 고막을 긁었다.

아이는 신경질적으로 일어났다.

"잠을 못 자겠네! 그만 좀 해……."

털썩.

항상 커 보이기만 했던 어머니의 몸이 쓰러졌다. 입으로는 계속 핏물을 토하면서 호흡하기 위해 안간힘을 썼지만 역부족이었다. 어린 자식을 위해서 사 온 작은 짚신 한 켤레가 어머니의 손에서 미끄러져 땅에 떨어졌다.

아이의 표정에 공포감이 서렸다. 산 채로 아버지를 씹어 먹던 백호를 마주했을 때 느꼈던 그 기분이 또다시 엄습했다. 떨리는 다리를 겨우 이끌고 기어가듯 어머니에게 다가간 아이는 어머니의 몸을 몇 번이고 흔들었다.

"어, 엄마? 엄마?"

어머니는 희미한 미소를 띠우고 몇 번이고 말하려 했다. 하지만 입에서 나오는 건 핏물뿐. 그것조차도 뱉어낼 힘이 없어 핏물이 입가에 고이기 시작했다.

웃음은 반쯤 열어졌고, 눈도 반쯤 감겼다.

진한 화장 위로 눈물이 흘러내려 백색 분으로 칠한 얼굴에 검은 두 줄을 만들었다. 조금이라도 더 아이를 보고자 눈동 자를 움직여 보았지만, 그조차 움직이지 않아 시선이 허무하 게 땅을 향했다.

몇 번이고 아이는 어머니를 흔들었다. 흔들고 또 흔들었다. 하지만 어머니는 일어서질 못했다.

아이는 건물 아래로 내려가 지게를 빌렸다. 그리고 바둥바 둥거리며 어머니를 지게 위에 올려놓았다. 그 와중에 몸이 차 가워진 어머니가 걱정이 된 아이는 이불로 어머니를 둘둘 말 았다.

아래로 내려왔다. 야밤이라 아무도 없었다. 덜컥 겁이 났지 만, 아이는 용기를 내어 걸었다. 천천히 하나하나 익숙한 거리 를 걸으면서 몇 번이고 주변을 확인했다. 그리고 결국 의원이 사는 집에 당도하여 안도의 한숨을 내쉬었다.

아이는 막무가내로 방문을 두들겼다. 횃불을 들고 언성을 높이며 밖으로 나온 의원은 아이와 아이가 겨우 짊어진 지게 위에 어머니를 보고 말을 잊었다.

맥을 짚었고, 고개를 흔들었다.

"네 어미는 죽었다."

"네?"

"이토록 병세가 악화될 때까지… 쯧쯧쯧. 장사를 지내라."

"자, 장사요?"

"해가 잘 들어오는 곳에 묻어."

의원은 안으로 들어가 버렸다.

아이는 한참을 그곳에 서 있었다.

죽었다?

있을 수 없는 일이다.

아이는 우선 어머니를 다시 기방까지 들고 왔다. 그리고 자기 방에 눕혔다. 가지고 있는 이불을 모두 펴서 어머니의 몸을 따듯하게 했다. 그리고 뜨거운 수건과 물을 준비해 어머니 옆에 놓았다.

어머니가 어떻게 했더라?

아이는 수건을 뜨거운 물에 담갔다가 물을 짜냈다. 그리고 어머니의 이마에 올려놓았다.

그리고 땀을 닦으려고 마른 수건을 들고 어머니를 내려다보았다. 하지만 땀이 나질 않는다.

땀이 나질 않는다.

땀이.

아파서 그런가? 아이는 어머니의 얼굴을 양손으로 붙잡았다. 그리고 양쪽 눈을 보았다. 눈이 반쯤 감긴 채 미동조차 하지 않는다.

아이는 어머니의 두 눈에 숨을 불어넣었다.

호— 오.

호— 오.

그리고 손을 들어 어머니의 이마를 쓰다듬었다.

"엄마 손은 약손. 엄마 손은 약… 아니지. 내 손이구나? 월려 손은 약손. 월려 손은 약손. 월려 손은 약손. 월려 손은… 야… 야, 약. 그래. 약이야!"

아이는 바닥 한쪽을 드러냈다. 그곳엔 어머니가 모아둔 돈이 있었다. 가끔 견과가 먹고 싶을 땐 거기서 어머니가 돈을 꺼내 사주었다.

동전과 은전 몇 개. 아이는 그것을 들고 밖으로 뛰쳐나갔다. 그리고 다시 그 의원 댁으로 가서 문을 두들겼다.

성난 얼굴의 의원이 다시 나왔으나, 아이를 보고 표정을 풀었다.

"여기, 도, 돈이에요. 야, 약을 지어주세요."

"……"

아이가 내민 동전과 은전.

의원은 그중 동전 몇 개를 집어 들었다.

"내일이면 괜찮아질 테니까, 해가 뜰 때까지 기다려라. 아침에 내가 채비해서 그쪽으로 가마."

아이의 표정이 밝아졌다.

아이는 기방으로 돌아와 어머니 품으로 기어들어 갔다.

"이젠 떼 안 쓸게요. 밥투정도 안 하고, 화장실도 혼자 잘 다닐 거예요. 그리고 어른들한테도 잘할 거고… 가끔은 제가 밥도 차려 드릴게요. 그리고 또… 그리고 용돈 주시는 거… 그거 이젠 진짜 딱! 딱 반만 주셔도 돼요. 반만 줘요. 제가 진짜 그건 엄청 인심 쓴 거라구요. 알았죠? 그리고, 또 그 어머니가 가르쳐 주시는 산술도 열심히 배울게요. 네? 이젠 진짜 말 잘 들을게요. 효자 될 거예요, 효자. 헤헤. 그리고 아, 아빠 이야기도 아, 안 할게요. 엄마. 알았죠?"

어머니는 말이 없었다.

푹 자고 있는 것을 깨워서는 안 된다. 아이는 자기 입을 막고는 어머니의 품속에서 밤을 보냈다.

아침이 되고 아저씨들이 왔다. 앞집에서 포목점을 하는 아저씨, 나무를 베는 아저씨 그리고 간밤에 봤던 의원도 왔다.

의원은 동전 몇 개를 다른 아저씨들에게 건넸다.

그들은 어머니를 지게에 메고 피월려를 등에 업고 동산으로 올라갔다.

그리고 땅을 팠다.

그리고 어머니를 넣었다.

그리고 다시 흙으로 메웠다.

아이는 그 안으로 들어가려 했지만, 아저씨들이 붙잡아 그 아이를 놔주지 않았다.

둥그런 묘지가 만들어지고 그제야 아이를 놓은 아저씨 중 하나가 말했다.

"너도 사내니, 여기까지다. 앞으론 네가 알아서 살아야 한다."

곧 모두 사라졌다.

아이는 무덤 앞에 엎드려 있었다.

엎드린 채, 얼마나 오랜 시간이 걸렸는지 모른다.

분명한 건, 거기서 계속 있기에는 너무 배가 고파져서 마을로 내려와 밥을 사 먹었다는 거다.

그리고 다시 무덤으로 향하기를 반복. 돈이 모두 떨어지자, 더는 밥을 사 먹을 수 없었다. 다행히 매번 갔던 그 객잔에서 아이를 점소이로 써주어 밥을 굶진 않았다.

그렇게 객잔과 무덤을 오가며 생활하기를 몇 개월. 객잔에 혈겁이 일어났다. 어린 그를 제외하고 모두 입막음 때문에 죽었다. 혈겁을 일으킨 고수는 차마 어린아이를 죽이지 못하고 그에게 죽음을 택할지 아니면 시동(侍童)이 되어 그를 따라다닐지 택하라 했다.

"어머니에게 인사만 드리게 해줘요."

"어머니?"

무덤까지 따라가 본 고수는 아이가 마음에 들었다.

그리고 이후 아이는 고수를 따라다니며 강호를 배웠다. 하지만 그 고수는 삼 개월도 채우지 못하고 죽었고, 이후 다른 고수들을 따라다니며 그들의 시동이 되었다. 모두 몇 개월도 지나지 않아 죽어나가기 시작했다. 그렇게 아이는 삶과 죽음 사이를 오가며 지냈다.

삼 년 후, 어머니의 유품이었던 신발이 그의 커진 발을 못 이기고 터져 버렸다.

아이는 그 자리에 주저앉아 삼 일을 울었다. 그렇게 엉망이 된 신발을 두 손에 꼭 쥐고 어머니의 죽음을 받아들였다.

그 뒤 산으로 들어가 칼을 들고 몸을 다졌다. 어렸을 적 귀동냥으로 들었던 아버지의 말을 하나하나 모두 기억해 백호를 추적했다.

처음 백호를 마주쳤을 때, 백호는 마치 아이를 알고 있다는 듯 조용히 내려다보고 있었다.

아이는 백호에게 다가갔다.

백호는 아이를 응시하고 있을 뿐이었다.

아이는 백호의 미간에 단검을 꽂아 넣었고, 백호는 그대로 절명했다.

점차 추워지는 시기라 달리 있을 곳이 없었던 아이는 백호의 배를 가르고 장기들을 꺼내 그 안으로 들어가 누웠다. 허기가 시사, 상기 중에 가장 육질에 가까운 심장을 씹어 먹었다.

이젠 더 의미 없는 인생이다.

아이는 어머니의 무덤으로 향했다.

그리고 어머니의 무덤에 도착했을 때, 그 앞에 엎어져 누웠다.

그대로 죽을 생각이었다.

그때 스승이 아이를 일으켜 세워주었다.

"네 어머니는 어떻게 되고 혼자 여기서 이러고 있느냐?"

뼈에 사무치도록 그리웠던 아버지의 목소리와 비슷했기 때문일까? 아이는 쉽게 대답했다.

"어머니는 저를 먹여 살리려고 기방에서 일하다가 병을 얻어 죽었어요."

"아버지는 없더냐?"

"백호가 먹었어요."

"뭐라?"

"백호가 먹었어요."

"……."

"호랑이를 사냥하는 엽사거든요. 히히히. 근데 먹혔어요. 호랑이 수십을 사냥했으니 호랑이들의 수호신에게 혼쭐이 난 거예요."

"……."

"죽일 거예요. 그 흰 호랑이."

"백호는 영물(靈物)이며 수호신이다. 죽이면 인간이 어찌 그 화를 감당하겠느냐. 네 아비의 복수는 잊어라."

"아, 죄송해요. 이미 죽였네요."

"죽였다?"

아이는 실성한 듯 웃었다.

백호의 냄새가 풍겨 와보니, 백호를 죽인 아이란 말인가?

아니, 백호가 죽어준 것이다.

백호는 대체 왜?

안 된다.

스승은 가만히 아이의 광기가 잦아들기를 기다렸다.

곧 스승이 물었다.

"그래, 이젠 무엇을 할 것이냐?"

"몰라요."

"나를 따라와라."

"……."

"용의 힘을 주마. 백호에게서 얻은 네 업보를 감당할 수 있게 해주겠다. 그 대신 조건이 있다."

"뭔데요?"

"내 이름으로 누군가 네게 부탁을 한다면 네 목숨을 걸고서라도 반드시 해내라."

"누가 무슨 부탁을 한다는 건데요?"

스승은 쭈그려 앉아 아이와 눈높이를 맞췄다.

그리고 두 손을 뻗어 아이의 눈을 뽑았다.

"으아악!"

아이는 그대로 두 눈을 부여잡고는 고통에 몸부림치며 데굴데굴 굴렀다. 스승은 이번에는 두 손을 자기 눈에 가져가더니, 자기 눈을 뽑았다.

"크흠."

작은 신음으로 그 엄청난 고통을 참아낸 스승은 아이의 눈을 자기 눈 속에 넣어 술법으로 시신경을 연결했다. 그리고 결국 구르다 실성한 아이의 얼굴을 잡아다가, 그 텅 빈 눈 속에 자기의 두 눈을 넣었다. 그리고 몇 가지 술법을 동원하여 그의 두 눈과 아이의 끊어진 시신경을 연결했다.

아이는 산속에 있는 스승의 거처에서 깨어났다. 스승은 부드러운 눈길로 아이를 바라보았다.

"용안을 가졌으니, 이제 용안을 개안하는 법을 알려주마. 인간의 몸에는 맞지 않지만, 무공의 형태를 빌려 용안을 개안하는 것이 가능할 것이다."

"네?"

"그리고 검술도 알려주마. 아무런 형태를 가지지 못한 무형검을. 그 무형검의 극의에 올라, 아무런 특색도 섞기지 않은 순수한 검을 사용할 수 있게 된다면 그것은 곧 '벤다'는 것의 형상화. 벨 수 있는 건 무엇이든 벨 수 있게 될 것이며, 그것조차 넘어서 베이지 않는 것도 벨 수 있게 될 것이다. 신(神)조차 베어내는 신검(神劍)이지."

"그게 뭐야? 무공인가요?"

"무공이지."

"무, 무공이라면 좋아요. 알려주세요."

그 이후로, 아이는 스승의 제자가 되어 무공을 배웠다.

                    *   *   *

피월려는 눈을 떴다. 그러자 그의 두 눈이 열려 그 퀭한 속을 보았다.

피월려가 중얼거렸다.

"스승님은 내게 용안을 주고 무형검을 가르쳐 주셨다. 움직임에 있어 최단의 길을 볼 수 있는 능력과 그것을 아무런 군더더기 없이 실행할 수 있는 검술. 이 두 가지다. 그 이유는 백호의 업보에서 나를 자유롭게 하고 또 누군가의 부탁을 들어주었으면 하기에……."

피월려는 한참 뒤에 또 독백했다.

"백호의 입보라는 건 바로 내 심장 안에 백호가 갇혀진 것을 뜻한다. 야생의 백호에게 있어 갇혀지는 것은 바로 '죽음'으로 고정되는 것이다. 즉 백호가 스스로 죽음을 택함으로 사방신 중 둘이 죽어 있게 되어, 이계에서 박소을이 넘어오게 되었지. 즉 백호가 그것을 노렸다고 할 수 있다. 그런 것인가?"

피월려의 미간이 좁아졌다.

"용조가 나를 살신범이라고 말한 것도 내가 백호를 죽이고 백호가 내 속에 갇혔다는 걸 깨달았던 것이다. 따라서 나를 죽이려 했던 건, 백호를 죽음에 고정시키지 않으려는 것이고, 이를 다시 말하면 백호를 되살리려는 것이다. 청룡궁은 백호를 되살려서 이계의 간섭을 막으려고 하는 것인가?"

피월려는 머리가 지근거리는 것을 참아가며 생각을 집중했다.

"스승님이 내게 용안과 무형검을 알려준 것도, 바로 청룡궁으로부터 내 몸을 보호하라고 알려주신 것이다. 용아지체에는 어차피 내력이 통하지 않으니, 내공은 의미가 없고, 그것을 익힐 시간에 용안심공을 더 깊게 익히는 것이 확실히 용아지체에겐 효과적이지."

그는 처음 박소을에게 극양혈마공을 받았을 당시를 떠올렸다.

"입문마공인 극양혈마공은 서화능이 정한 것이다. 하지만 이후, 박소을 장로가 자신이 정했다고 실토했지. 그 말의 어폐를 따져보면, 정하기는 서화능이 정했으나, 박소을 장로가 자신의 의도대로 유도했음을 알 수 있다. 즉 신살(神殺)을 위해 선 무형검(無形劍)의 완성된 검강이라 할 수 있는 무형검리(無 形劍理)에 도달해야 하고 이를 위해선 심즉동을 이해하기 위 한 무단전의 내공이 필수. 서화능은 마공 중에서도 무형검에 보탬이 되는 무단전의 내공을 정했다면, 그 안에서 박소을 장 로가 자신의 계획대로 극양혈마공을 고른 것이다. 이 또한 안 배인가? 서화능과 박소을은 복잡한 이해관계로 얽혀 있으나, 한 가지 공통점이 있다면 내가 신을 죽이기 원했다. 박소을은 그 이후에 내가 백호를 죽였다는 걸 깨달은 것이니, 그때는 서 화능만이 알고 있었던 것이로군."

피월려는 짧게 독백했다.

"그런 것인가… 스승님은 백호가 죽어 있기를 원했고, 때문 에 날 도와주신 것이야. 그렇다면 두 신이 죽어 생긴 이계의 간섭을 원했던 것일까? 대체 왜? 배신자라는 것과 관련이 있 는 것인가?"

피월려는 자리에서 일어났다.

"아니, 그보다… 이런 생각을 할 때가 아니지. 내 눈이 도대 체 어떻게 보인다는 말인가? 후우……."

그의 깊은 한숨은 그의 심경을 잘 대변했다.

"하! 하라는 건 안 하고 뭔 이상한 생각을 하고 있었느냐?"

언제부터인지, 악누가 팔짱을 끼고 서서 한심하다는 표정을 짓고 있었다.

*   *   *

기시혼은 한 암초 위에서 운기조식을 하고 있었다.

악누는 절벽 아래를 바라보며 조금 고민했다. 그의 옆으로 떨어질지, 아니면 그의 위로 떨어질지.

기시혼이 운기조식을 하는 암초 옆쪽 강물로 뛰어든다면, 물소리 때문에 기시혼이 운기조식을 멈추고 임전태세를 갖출 가능성이 있다. 게다가 물속에 있는 악누가 이후 싸움에서도 불리하게 가져갈 것이다. 물론 천운이 따른다면, 기시혼이 무아지경에서 나오지 못해 물소리에도 깨어나지 않을 것이고, 이후 아주 쉽게 그 목숨을 취할 수 있을 것이다.

만약 바로 기시혼이 있는 암초 위로 떨어지며 공격한다면, 절벽에서 뛰어내린 충격을 흡수하기 위해서 엄청난 내력을 소모해야 한다. 운이 좋다면 기시혼을 일격에 죽일 수 있겠지만, 만약 기시혼의 운기조식이 그를 낚기 위한 연기라면 일자로 추락하는 악누의 몸에 역공을 가하는 것은 매우 쉬운 일이 될 것이다.

악누는 양자택일이라면 이미 정해놓은 것처럼 빠르게 선택하는 남자이지만, 이 순간만큼은 고민에 또 고민이 되었다.

그러나 평소 버릇이 어디 가겠는가?

악누의 표정이 쾌락으로 물드는 것과 동시에 그가 작게 중얼거렸다.

"시혼아! 이건 생각 못 했을 것이다."

악누는 토끼처럼 뛰어올라 기시혼이 있는 암초를 향해 추락하기 시작했다. 디딜 땅을 잃어버린 신체는 온몸이 근육을 긴장시켜 충격을 완화시키려했는데, 악누는 그 힘을 모조리 단전으로 집중함과 동시에 그가 가진 내력이란 내력도 모조리 긁어모았다.

그렇게 쏜살같이 떨어지는 악누의 몸이 기시혼의 몸 위에서부터 일 장 정도 위에 위치할 쯤, 기시혼의 눈이 팍 하고 떠졌다.

역시 함정이었군. 악누는 웃었다.

기시혼은 즉시 자세를 바로 잡고, 보법을 밟아 일직선으로 떨어지는 악누의 궤도에서 벗어났다. 그리고 맨바닥을 치게 생긴 악누의 허리를 그대로 날려 버릴 발차기를 준비했다.

그가 회심의 미소를 지었는데, 그 순간 악누의 몸에서 강렬한 빛이 뿜어졌다. 기시혼의 미소가 사라지고 황당한 표정이 자리 잡았다.

"호신강기?"

그도 서둘러 호신강기를 펼쳤다.

콰— 광!

암초 위로 떨어진 악누의 몸에서 호신강기가 뿜어지며 기시
흔의 호신강기와 충돌했다. 그러자 그 몸이 닿기도 전에 암초
를 산산조각을 내버렸다. 그리고 그 반발력에 의해서 추락하
던 악누의 몸이 멈춘 것도 모자라서 다시 떠오르려 하고 있
었다.

암초가 터지면서 바위 조각이 사방으로 비산했고, 그 아래
있던 물이 솟구치며 장관을 만들었다. 하늘 끝까지 올라간 물
의 장벽 속에서 악누는 전신의 감각을 끌어 올렸고, 곧 그의
뒤쪽에서 빠르게 움직이는 기척을 포착했다.

악누는 고개를 살짝 왼쪽으로 젖혔고, 그의 머리가 있던 곳
에 손 하나가 불쑥 튀어나왔다.

악누는 그 팔을 왼손으로 감싸고, 오른손으로 팔뚝을 잡아
그대로 안쪽으로 꺾었다.

으드득.

팔이 꺾인 기시흔이 이렇다 할 비명을 지르기도 전에, 악누
는 왼팔을 앞으로 뻗었다가 뒤쪽으로 강하게 내려쳤다.

퍽.

"크— 학."

악누의 왼쪽 팔꿈치에 배를 가격당한 기시흔이 괴상한 소
리를 내었다. 악누는 그대로 몸을 돌려 그 목을 꺾어버리고

싫었지만, 호신강기를 뿜고 난 뒤에 무력감이 한계에 도달해 더 이상 몸을 움직일 수 없었다.

어차피 기시흔이 더 공격할 수 없다는 걸 안 악누는 그대로 몸을 중력에 맡겨 아래로 떨어졌다.

풍덩.

물속으로 들어간 악누는 눈을 감은 채 가장 깊은 곳까지 그대로 몸을 맡겼다. 그리고 머릿속으로 마공을 되새기며 정신을 가다듬었다.

완전히 텅 비어버린 단전에 서서히 내력이 차오르기 시작했지만, 물속에선 그다지 효과가 없었다. 대기를 호흡하는 것과 비교하면 턱없이 모자랐다.

악누는 눈을 뜨고, 기감을 활성화시켰다. 기시흔의 기척은 어디에서도 잡히지 않았다. 그는 헤엄쳐 서서히 수면 위로 올라갔다. 그러면서도 어디서든 기시흔의 기습이 있을까, 경계했다.

"어— 푸."

수면 위로 고개를 내민 악누는 바로 주변을 살폈다. 그러자 한 넓은 암초 위에서 주저앉은 채, 겨우 몸을 가누고 있는 기시흔이 보였다. 꺾인 팔은 다시 제자리를 찾은 듯 보였지만, 체력과 내력은 바닥난 그대로인 것 같았다.

악누는 수영을 시작했고, 기시흔은 그런 악누를 보고 완전히 질린 표정을 했다.

"하악. 하악. 호신강기를 무슨 입초식(入招式)처럼… 하악."

악누는 끝내 암초에 도달했고, 기시혼은 엉금엉금 기어서 그에게서 멀어졌다. 암초의 직경은 대략 이 장 정도로, 비스듬한 경사면을 가지고 있었는데 기시혼은 대자로 누운 채 그 끝자락에서 악누를 내려다보고 있었다.

악누는 암초 위로 몸을 올리면서 말했다.

"젊은 놈의 체력이 그래서야 쓰겠느냐?"

기시혼은 고개를 도리도리 흔들며 말했다.

"워, 원래 이렇게 싸우십니까?"

악누는 젖은 옷을 탁탁 털고는 일어서며 말했다.

"호신강기를 강요하고 양쪽 모두 탈진된 상태에서 초접근전. 본좌가 제일 좋아하는 싸움 방법이지. 지금까지 이 싸움법으로 본좌에게 도전했던 놈들에게 패배해 본 적이 없다. 그 중에는 천마급도 더러 있었지."

"파락호 혹은 시정잡배들이나 그렇게 싸울 겁니다."

악누는 하늘을 올려다보더니, 턱을 긁적였다.

"아, 본좌가 말 안 했느냐? 본좌도 나이 삼십이 될 때까진 파락호였느니라. 늦게 마공을 익혔지만, 뭐 마공이란 놈은 늦게 익혀도 성취가 빨라서 말이지. 그때 하던 주먹질이 좋아서 마공도 그런 식으로 익혔느니라."

기시혼은 경악했다.

"형주님께서 파락호셨습니까? 상상이 안 갑니다만."

"동생 놈하고 같이 기루를 네 개까지 운영해 보았느니라. 그러다 본 교의 눈에 띄어 입교하고 마단을 하사받았지."

"……."

"다시 물어보마. 천살가를 배신하고 백도에게 정보를 팔아넘겼느냐?"

"이제 와서 그것을 물어 뭐 합니까?"

"하기야."

"……."

"나이가 젊고 술법도 쓸 줄 아니, 나보다 회복이 빠를 터. 회복을 기다릴 수 없음을 이해하거라. 정 죽기 싫으면 이번에도 돌상으로 변하는 그 괴상한 술법이나 써봐라."

기시혼은 가래를 모아서 뱉었다.

"카악 퉤. 진짜… 손가락 까딱할 힘도 없는데, 어찌 서 계실 수 있습니까?"

악누는 앞으로 걸어가며 말했다.

"한번은 동생과 둘이서, 백 명이 넘어가는 놈들하고 주먹다툼을 반나절 가까이 했었느니라. 체력이 전혀 남아나지 않는 상황에서도 끝까지 싸워 이겼지. 그건 화려한 무공과 요상한 술법만 믿는 네놈이 감히 알 수 있는 게 아니다. 시혼아."

기시혼은 가슴속에서 올라오는 웃음을 참을 수 없었다.

"하. 하하. 하하하. 크하하. 크하하!"

악누는 기시혼의 그 허탈한 웃음소리를 들으니, 그가 더 이상 돌상으로 변하는 술법을 쓰지 못한다는 걸 깨달았다.

악누는 천천히 걸음을 옮겼고, 결국 기시혼의 앞에 도착했다.

기시혼은 이를 악물고 억지로 주먹을 두세 번 뻗었지만, 휘적거리는 악누의 손날에 의해서 모두 저지당했다.

악누는 그의 몸에 올라탔고, 주먹을 들어 올렸다.

"동생 놈에게 안부나 전하거라."

퍽.

악누의 고개가 뒤로 꺾였다.

쿵.

피를 토하며 몸이 뒤로 쓰러지고 정신을 잃을 뻔했지만, 악누는 가까스로 정신 줄을 붙잡았다.

어떻게 된 일인지 이해하는 건 나중이다.

악누는 다음에 쏟아질 공격에 대비하여 몸을 옆으로 돌리고 또 돌려 암초 옆으로 떨어졌다. 그렇게 물속으로 들어간 악누는 기시혼이 더 따라오지 않자, 수면 위로 고개를 내밀어 주변 상황을 확인했다.

무심코 하늘로 시선을 돌린 악누의 눈이 튀어나올 듯 커졌다.

양 끝의 날개의 길이가 삼 장은 족히 넘을 것 같은 거대한 학 한 마리!

그리고 그 등 위에 올라탄 백의(白衣)의 남아(男兒)!

기시혼의 몸은 그 학의 한쪽 발에 잡혀 있었다. 그리고 다른 쪽 발을 보니 피가 살짝 묻어 있는 것이, 그 발에 머리를 공격을 당한 것이 분명했다.

금으로 보이는 악기를 품에 꼭 품고 있는 그 남아는 악누를 거만한 눈길로 내려다보더니, 큰 소리로 외쳤다.

"심검마에게 전해라. 그 약조 때문에 아직 첫 술을 아껴두고 있다고."

그 남아가 학의 목을 쓰다듬자, 학은 그 거대한 날개를 펄럭이며 날아올랐다. 그리고 저 멀리 수평선에 겨우 걸쳐 보이는 남궁세가의 보선을 향해 날아가기 시작했다.

그 광경을 멍하니 보던 악누가 짧게 감상평을 내놓았다.

"오래 살다 보니 저런 것도 다 보는군……"

악누는 평평한 암초 하나를 골라 그 위에 올라갔다. 그리고 운기를 시작해, 텅 빈 단전을 가득 채웠다. 단전과 기혈을 워낙 혹사시켜서 그런지 해가 저물 때쯤서야 끝이 났다.

그는 경공을 펼쳐 절벽 위로 올라갔다.

그곳엔 아직 흰 발가죽도 움직이지 않은 피월려가 눈을 감은 채 가만히 앉아 있었다.

악누가 다가가자, 그가 그 횅한 눈을 뜨고 중얼거리기 시작했다. 그의 스승과 사방신에 관련된 내용으로, 악누는 조용히 그 독백을 듣고 있었다.

독백을 마친 피월려는 자리에서 일어났다.

"아니, 그보다… 이런 생각을 할 때가 아니지. 내 눈이 도대체 어떻게 보인다는 말인가? 후우……."

악누는 팔짱을 꼈다.

"하! 하라는 건, 안 하고 뭔 이상한 생각을 하고 있었느냐?"

피월려가 되물었다.

"아, 계셨습니까? 몰랐습니다."

악누가 말했다.

"눈은? 보이는 방법은 찾았느냐?"

"그것이……."

"사방신에 관련된 생각만 하는 것 같더구나?"

"심상을 들여다보다가 옛일의 잡념에 사로잡힌 듯합니다."

"단순 명상이 아니라 운기조식 중이었다면 필히 마성에 젖었을 것이니라. 내력이 없어 심상이 현실처럼 변하지 않아서 그렇지 내력을 운용하고 있었다면 그 기억에 서서히 사로잡히면서 광인이 되었을 터!"

"……."

"하여간 아직도 눈이 보이지 않는다니 어쩔 수 없지. 본좌가 안내하마. 따라오너라."

악누는 피월려의 팔을 덥석 잡고는 앞장섰다. 피월려는 악누의 거친 발걸음을 쫓아가느라 온 신경을 쏟아야 했다.

어느 정도 걸었을까, 악누가 말했다.

"본좌가 본 것이 헛것인지 아닌지 확신이 없지만 일단 말은 해주마."

"예?"

"신선들이 타고 다닐 법한 선금(仙禽)이 있었다. 그 선금이 기시흔을 데리고 도망갔다."

피월려는 영문을 모르겠다는 표정으로 물었다.

"선금이라면… 학을 말씀하시는 겁니까?"

"그 정도 크기라면 태학(太鶴)이라 불러도 손색이 없었지. 그 선금 위에 한 십 대 초반의 남자아이가 있었는데, 네게 말을 전하라 했다. 약조 때문에 첫술을 아끼고 있다고."

"……"

"무슨 뜻인지 아느냐?"

피월려는 제갈극에게 마지막으로 했던 말이 떠올랐다.

"제갈극이라는 아이입니다. 멸문한 제갈세가의 마지막 혈손입니다."

"제갈극? 능수기통의 가시이더냐?"

피월려는 제갈토와 제갈극의 살벌한 대화를 떠올리더니 말했다.

"제갈토의 딸인 제갈미를 누님이라 부르긴 했지만… 아마 손자일 겁니다."

"제갈 놈들이야 지들 머리를 보존한답시고 근친혼을 해도 전혀 이상할 게 없는 놈들이다. 뭐, 자손인 것만 알면 되지."

"……."

뜻밖의 대답에 피월려는 할 말을 찾지 못했다. 하지만 제갈세가들의 인물들을 떠올리니, 그럴 수도 있겠다는 생각이 들었다.

악누가 말했다.

"흠. 제갈 놈이라면 기문둔갑에 능한 것으로 알고 있는데, 그런 요상한 술법까지 능할 줄이야."

둘의 차이를 정확히 모르던 피월려는 잠시 침묵했다. 대신 알 만한 것을 말했다.

"기 형은 제갈토의 연구 결과가 탐이 난다고 했으니, 아마 제갈극은 그것을 가지고 기 형과 거래를 하고 있는 것이 아닌가 합니다."

"그러냐? 흐음 아쉽게 되었느니라. 하! 기회는 또 오겠지. 앞으로 치고 박고 싸울 날이 많으니. 본 교에도 술법을 부리는 놈들이 꽤 있지만, 그런 건 또 처음이니라. 중원은 넓구나."

"……."

"아 참, 그러고 보니 한 가지 궁금한 것이 있다."

"어떤 것입니까?"

"내가 그 순간에 당도할 줄은 어찌 알았느냐?"

"아, 사실 몰랐었습니다."

피월려의 짧은 대답에 악누가 걸음을 멈췄다.

덩달아 걸음을 멈춘 피월려를 돌아보며 악누가 말했다.

"그때 기시혼에게 죽기 직전 아니었느냐?"

"그랬었습니다만."

"내가 구해줄 거라고 생각한 것이 아니냐?"

"예, 몰랐었습니다. 제가 형주님께서 이곳에 당도하실지 어떻게 알았겠습니까?"

"우연이라고? 그것이? 계산한 것이 아니더냐?"

피월려는 고개를 저었다.

"설마 제가 그것까지 계산할 수 있었겠습니까? 위치는 유도했습니다만 시기까지는 제 계산 밖입니다. 단지 형주님께서 더 일찍 오기를 바랐을 뿐입니다."

"하! 무슨 예지(豫知)라도 하는 게냐?"

"……."

"그래, 좋다. 우연이라 치자. 그러면 네 마음이 그토록 평온했던 것은 또 뭐냐? 내가 막아준 거라는 것도 몰랐으면서 죽음을 눈앞에 두고 그리 평온했단 말이냐?"

"……."

"왜 말이 없느냐?"

"기 형의 착각이라고 생각했습니다만, 정말로 그때 제 마음이 평온했습니까?"

악누는 기가 막히다는 듯 입술을 비틀다가 곧 몸을 돌려 걷기 시작했다.

"그때 네 마음은… 본좌와 담소를 나누며 산보를 하고 있는 지금 이 순간의 마음과도 다를 바가 없었느니라. 네놈도 참 괴물 중 괴물이구나. 생존에 집착하는 것이 전부인 천살성이 생존에 집착하지 않다니……."

피월려는 딱히 대답할 말이 없어, 입을 다물고 조용히 악누의 안내에 따랐다.

제일백오장(第一百五章)

창천호검(蒼天浩劍) 남궁서.

배 안, 가장 깊숙한 밑바닥에서 그는 가부좌를 켜고 심신을 다지고 있었다. 천살가에서 안배한 독물들이 말끔히 치워지고, 무거운 물통으로 대신 채운 그 공간은 남궁세가의 무인들을 모두 태운 그 큰 보선 안에서도 가장 흔들림이 없는 곳이었다. 게다가 파양호의 잔잔한 물길 위로 운항하고 있으니, 지면에 있는 것과 거의 다름이 없었다.

남궁서는 천천히 머릿속으로 앞으로 있을 천살가와의 대전을 그렸다. 가공할 살기과 마기를 내뿜는 마인들의 손에 혈족이 죽을 때, 개중에는 남궁세가의 미래라 할 수 있는 남궁호도 있을 수 있다. 그런 광경을 눈으로 직접 목도할지라도 평정심을 유지하고 검을 놀려야만 마기에 영향을 받지 않을 것이기에, 미리 마음을 준비하는 것이었다.

그는 남궁세가의 비전 중 하나인 창천심공(蒼天心功)을 극성으로 익혔다. 남궁세가의 모든 무공을 한층 더 높은 수준으로 끌어올리는 그 심공은 남궁세가의 가주만이 익힐 수 있는 것으로, 중원의 어떤 심공과 비교해도 손색이 없었다. 남궁서는 그 심공을 통해 심상으로 그리는 그림을 실제로 맞닥뜨리는 것처럼 느낄 수 있었다.

형제들과 사촌들 그리고 조카 등등. 피를 흘리는 혈족들이 도움을 요청하는 애절한 눈빛으로 그를 바라보다가 마인들의 손에 한낱 고깃덩어리가 되어버린다. 그들 중 몇몇은 죽기 직전에 그를 원망하는 소리를 토해내며 명을 달리했지만 남궁서의 평정심을 흐리진 못했다. 그러나 마지막으로 그의 아들인 남궁서의 목이 베어지자, 남궁호는 참을 수 없다는 듯 몸을 부르르 떨며 눈을 번쩍 떴다.

"후… 아직이야."

그는 다시 눈을 질근 감았다. 그리고 심공을 운용하여 같은 그림을 심상에 그렸다. 몇 번이고! 몇십 번이고! 아들의 죽음 앞에서도 평정심을 유지할 수 있을 때까지 그곳에 자기 자신을 던졌다. 잔인하기 그지없는 천살성들의 무참한 손길에 죽어나가는 혈족들을 보면서도 마음에 일말의 감정조차 스며들지 않을 때까지 그는 쉬지 않고 명상했다. 만약 실제 싸움에서 천살성들이 내뿜는 막강한 살기와 마기에 조금이라도 영향을 받는다면, 그만큼 검이 무뎌지고 발이 느려져 곧 남궁세가의 패배로 직결될 것이다.

남궁서는 칠순이 넘어가는 나이지만, 오십이 될 때까지 폐관수련을 하느라 그리 많은 경험을 하지 못했다. 젊은 날, 가문의 모든 영약과 격체전공(隔體傳功)이 장차 가주가 될 만형에게 먼저 주어진다는 사실에 좌절하여 시작한 폐관수련은 삼십 년이 넘어서야 끝이 났다. 그 어떤 혜택도 누리지 못하고 혈혈단신으로 초절정에 오른 그는 오십을 넘은 이후에나 혼인을 하고 아들을 보았지만, 이후 자식을 더 두지 않았다.

그것이 발목을 잡을 줄이야.

혹시 모를 후사를 더 보았어야 했다. 남궁세가의 미래를 책임질 수 있는 다른 아들이 있었다면, 혹 이번에 남궁호의 죽음을 눈앞에서 목격한다 하더라도 그토록 그의 죽음에 매달리지 않을 것이다.

남궁서는 차남의 삶이 얼마나 비참한지 스스로 경험한 탓에, 절대 그 삶을 물려주고 싶지 않았던 터라 가문의 반대를 무릅쓰고 남궁호 이후에 아들을 더 보지 않았었다. 그는 항상 스스로를 세상일에 어리석다 여겨 가문 어르신들의 말을 청종하고 순종했지만 그것만큼은 고집을 피웠었다.

"역시… 어르신들의 말씀이 옳았군. 그렇다고 호 아를 이번 싸움에서 뺀다면, 그 마음에 씻지 못할 상처로 남겠지. 미래에 가주가 되기 위해서라도 이번 싸움을 꼭 경험해야 해. 하지만. 후… 내가 걱정이군. 내가 걱정이야."

남궁서는 가슴을 한 번 치고는 다시 눈을 감았다. 그리고 심상에 그림을 그려 다시금 마음을 다스리려고 노력했다.

얼마나 오랜 시간이 지났을까? 누군가 그가 있는 배 바닥으로 내려왔다.

남궁서는 싸움이 시작되기 전엔 절대로 내려오지 말라고 엄포를 놓았기 때문에, 인기척을 느끼곤 결전의 시간이 다가왔음을 깨달았다. 그가 명상을 거두고 천천히 눈을 뜨며 그의 앞에 선 인물을 보았다.

"삼 숙부."

남궁서의 숙부인 남궁구은 거의 백 세를 바라보는 남궁세가의 최고령 장로였다. 그의 대에서 유일하게 살아 있는 사람으로 남궁서가 가장 의지하는 사람이기도 했다. 젊을 적에 진작 무공에 뜻을 접고 학문을 깊게 파서, 칠십 년의 세월 동안 남궁세가의 살림을 도맡아 했었다. 지금 남궁세가가 당당히 오대세가가 된 가장 큰 이유가 바로 남궁구였다.

더 이상 사람의 몰골이라고 표현할 수 없을 정도로 노화가 진행된 남궁구의 피부는 야생의 짐승들보다 더 거칠었다. 이젠 머리카락이나 털도 몇 가닥 나지 않아 흡사 문둥병에 걸린 사람 같았다.

절대로 퍼지지 않을 것 같은 구부정한 허리에 바들바들 떨며 지팡이를 짚고 있는 손은 그의 연령을 잘 대변해 주고 있었다.

남궁구가 말했다.

"역시 호 아가 걸리는 게지요, 가주?"

오랜 세월을 살아온 남궁구는 남궁서의 눈빛만 보고도 그의 심층을 읽을 수 있었다. 남궁서는 짤막하게 웃으며 말했다.

"후사를 더 보아야 한다는 어르신의 충고를 들었어야 했습니다. 죄송하게 생각합니다, 숙부."

남궁구는 지팡이를 만지작거리며 말했다.

"모든 일에 귀를 열었던 가주께서 그 문제만큼은 너무나 강경하여 수가 없다는 건 진작 알았수다. 그토록 차남의 삶이 싫었던 게요?"

"숙부께서도 잘 아시지 않습니까? 그래서 숙부께서도 무공을 버리고 학문을 익히신 것 아닙니까?"

"그렇다고 삼십 년간 폐관수련을 할 정도의 독기를 품진 않았수다. 정말 지독했지 가주는. 그만큼 야망이 커서 그랬겠지만."

"……."

"이 늙은이는 말이오, 가문의 도움 일절 없이 초절정에 이른 가주가 처음 나타난 이십 년 전의 날을 잊지 못하겠수다. 오래전에 다들 이미 죽었다고 생각하여 장례까지 치렀으니 말이오. 하물며 나도 그랬는데, 그 당시 소 아가 받았을 충격은 말로 표현할 길이 없었겠지."

남궁소는 남궁서의 형으로 남궁세가의 전전 가주였다.

남궁서가 말했다.

"형님은 당시 가주로서의 일이 바빠 무공에 정진할 시간이 없었던 것입니다. 그래서 제가 따라잡을 수 있었을 뿐, 형님이 저처럼 노력했다면 저보다 훨씬 고수가 되었을 겁니다."

"흘흘흘. 그 누구도 가주처럼 노력할 수 없을 것이오."

남궁서는 한숨을 깊게 내쉬고 말했다.

"숙부. 남궁세가의 미래를 좌지우지할 대전을 앞두었으니, 이제는 가르쳐 줄 때도 되지 않았습니까?"

"무엇을 말하는 게요, 가주?"

"제 형님과 조카를 독살하신 것 말입니다."

"……."

그 때문에 15년 전 남궁서가 가주에 오르게 되었다.

남궁세가의 전전 가주와 전 가주는 질병에 걸려 죽었다고 알려져 있지만, 남궁서는 그것이 진실이 아님을 알고 있었다. 그는 15년 동안이나 품어왔던 그 의문을 솔직히 털어놓았다.

"아무리 생각해도 숙부밖에 없습니다."

남궁구는 빙그레 웃었다.

"남궁세가가 천하제일가가 되기 위해선 가주께서 가주가 될 필요가 있었수다. 소 아와 그 아들에겐 미안한 일이지만, 가문을 위해선 어쩔 수 없었던 것인 게지요."

'그 아들'이란 말에 남궁서의 눈썹이 꿈틀거렸다.

"전 가주의 이름조차 잊으신 겝니까?"

남궁서의 지적에도 남궁구의 표정은 평온했다.

"정순한 내공을 익힌 가주께서 천륜을 끊어내는 짓을 했다 간, 주화입마에 빠질 수밖에 없으니 누군가는 나서야 했수다. 이 늙은이를 심판하시려거든 하시오, 가주. 어차피 언제 죽어도 상관없는 몸이외다."

"……"

"모든 것은 남궁을 위해."

남궁구의 말에 남궁서는 참담한 심정을 느꼈지만 그의 입은 그의 의지와 상관없이 버릇대로 대답했다.

"모든 것은 남궁을 위해."

직후 남궁서는 그가 스스로 한 말에 놀랐다. 자기도 모르게 그 말을 되풀이한 것이다. 어렸을 적부터 귀에 따갑게 듣던 그 가훈은 가문의 인원 중 누군가 말하면 따라서 대답하는 것이 가법 중 하나였고, 칠십이 넘은 남궁서의 뇌리 속에도 절대로 빼낼 수 없을 만큼 깊이 박혀 있었다.

남궁구가 남궁서에게 말했다.

"가주, 어서 올라오시오. 남창에 도착했으니, 언제라도 적이 기습할 수 있수다."

정신을 가다듬은 남궁서가 말했다.

"알겠습니다, 숙부. 한번만 더 마음을 다스리고 올라가겠습니다. 그때까지 호 아에게 보선의 보호를 맡기겠다 전해주십시오."

남궁구의 좁쌀만 한 두 눈이 살짝 떠졌다.

곧 그는 몸을 돌리며 말했다.

"흘흘흘. 역시 머리가 좋군, 가주는. 올라오면 칭찬 한마디 해주기요. 호 아는 가주의 인정 하나만 바라고 사는 아이이오."

"……."

남궁구가 위로 올라가니, 남궁서는 다시금 눈을 감았다. 단순히 명상을 하는 것이 아니라, 정식으로 운기조식을 하여 기혈을 최고조료 끝이 올리는 것이었다.

대략 한 식경이 지난 뒤 눈을 뜬 그는 천천히 걸음을 옮겨 위로 올라갔다.

상갑판에는 남궁세가 전원이 나와 있었다. 누구라도 베어버릴 날카로운 기세와 잔뜩 긴장한 표정이 역력한 그들은 남궁호의 명령에 따라서 배 주변을 끊임없이 탐색했다. 남궁서가 등장했을 때에도, 누구도 그를 바라보지 않고 자기가 맡은 구역에서 시선을 떼지 않았다.

아버지를 보곤 한층 표정이 밝아진 남궁호가 남궁서에게 다가왔다. 그의 뒤로는 한봉(寒鳳) 옥빙련이 따랐다. 남궁호는 포권을 취했고, 옥빙련은 고개를 살포시 숙였다.

"아버님을 뵈옵니다."

"아버님을 뵈옵니다."

둘은 혼인만 하지 않았지 이미 한 것과 다름없어, 옥빙련은 오래전부터 남궁서를 아버님이라 불렀다. 남궁세가에서도 이미 그녀를 며느리라 생각하여 이번 일에 동참하는 것도 허락했다.

남궁서는 고개를 끄덕이며 남궁호에게 말했다.

"남궁세가의 무인들을 잘 다스리는 걸 보니, 아비가 기쁘다. 가주의 직책을 맡겨도 부족함이 없을 것 같아."

그의 칭찬에 남궁호는 더할 나위 없을 만큼 얼굴이 밝아졌다.

"가, 감사합니다."

옥빙련은 그의 어깨를 살짝 쳤고, 그제야 실언을 했다는 걸 깨달은 남궁호가 서둘러 말을 바꿨다.

"아, 아닙니다. 아, 아버님께서 장수하시여 오랫동안 남궁세가를 이끄셔야 합니다."

남궁호는 옥빙련을 보곤 말했다.

"며늘아기는 이번 일 동안 배 안에 있는 것이 어떻겠느냐? 이번 일은 아미파와 아무런 상관이 없는 일이다."

옥빙련은 고혹적인 미소를 지으면서 도리도리 고개를 흔들었다.

"아니어요. 낭군님의 일은 제 일이고 남궁세가의 일이 제 일입니다. 아버님의 말씀은 고맙지만 이이와 함께하고 싶어요."

이미 그 말을 예상한 남궁호가 담담하게 일렀다.

"네가 정 그렇다면 말리지 않으마. 너 또한 성인이고 무림인이니 네 의사를 존중해야겠지. 둘은 이번 싸움에서 절대 떨어지지 말고 부부처럼 서로를 지키거라. 알겠느냐?"

"예!"

"네."

그 광경을 따뜻한 눈길로 바라보던 남궁구가 나섰다.

"가주. 이제 상황을 파악하러 나간 방계의 아이들이 돌아올 게요. 그 아이들의 말을 듣고 앞으로의 행보를 결정하시오."

"결정할 것이 뭐가 있겠습니까? 천살가는 우리가 남창까지 바로 왔다는 것조차 모를 겁니다. 그것이 확인되는 즉시 전원 경공을 펼쳐 천살가와 일전을 벌일 것입니다."

그 패기 넘치는 모습에 남궁구가 게슴츠레 눈을 떴다.

"선두에 서시는 게요?"

"물론입니다."

"흘흘흘. 역시 가주시군. 이 늙은이는 가주의 위용을 직접 눈으로 구경하고 싶지만, 몸이 이런 터라 이곳에 있어야겠수다. 아쉽소."

"아이 몇 명을 남겨놓겠습니다, 숙부."

남궁구는 늙은 두 손을 겨우 들어 흔들었다.

"절대로 그러지 마시오. 홀로 있겠수다. 어차피 이번 일로 인해 남궁세가가 천하제일가가 되느냐, 아니면 멸문하느냐가 달려 있소. 이 늙은이를 지키기 위해서 아이를 남기는 데 어떤 의미가 있단 게요?"

"……."

"마음 쓰지 마시오. 그저 앉아 있을 의자나 있으면 좋겠군."

그가 그렇게 말하자, 남궁호가 바로 선내로 들어가 편한 나무 의자 하나를 가지고 나왔다. 부드러운 여우 가죽으로 덮인 그것은 따스한 온기를 품고 있었다.

그곳에 자리한 남궁구는 파르르 떨리는 손을 들어 남궁호의 머리를 쓰다듬으며 말했다.

"네가 남궁세가의 미래니라. 몸을 귀히 생각하고 항상 조심하거라."

"예. 걱정하시 마십시오, 조숙부님."

얼마나 지났을까?

남궁세가의 무인 두세 명이 먼 곳에서부터 헐레벌떡 뛰어오고 있었다. 내력이란 내력은 모조리 사용하여 경공을 펼쳤는지, 거친 숨을 내쉬며 당장에라도 쓰러질 것 같았다.

그들이 선착장 앞에 도착하자, 남궁호가 선측으로 가서 그들을 아래로 보며 물었다.

"무슨 일이냐!"

무인들은 숨을 고르느라 즉각 대답하지 못했다. 그들은 가슴을 부여잡고 심호흡을 한 뒤에 말을 꺼낼 수 있었다.

"어, 없습니다!"

"없다?"

"예, 없습니다. 천살가에는 버려진 집들만 있을 뿐, 그 어디에도 마인들을 찾아볼 수 없었습니다."

"그게 무슨 소리냐? 천살가에 마인들이 없다니!"

그러자 다른 무인이 큰 소리로 외쳤다.

"저, 정말입니다! 혹시나 그들이 전력으로 이곳을 공격했을까 염려되어 이리 뛰어온 것입니다."

"그, 그런⋯⋯."

남궁호는 당황하며 남궁서를 보았고, 남궁서는 남궁구를 보았다.

남궁구도 남궁서를 마주 보았고, 그 둘은 동시에 말했다.

"이미 알았던 것 같습니다."

"이미 알았던 게요."

동시에 그들의 얼굴이 굳었다.

그때 갑자기 선착장에 서 있던 무인들이 큰 소리로 외쳤다.

"가, 가주님! 자, 잠깐 와보셔야 할 것 같습니다."

남궁서는 그 외침에 거친 발걸음으로 성큼성큼 걸어 남궁호 옆에 섰다. 그리고 배 아래를 내려다보니, 선착장에 투박한 나무로 만든 팔대대교(八擡大轎)가 하나 있었다.

겉만 보면 누구라도 그냥 슬쩍 보고 지나갈 정도로 형편없었다. 하지만 배운 사람이라면 바로 예를 갖출 것이다. 여덟 사람이 드는 팔대대교는 오직 태수와 왕자들만이 탈 수 있기 때문이다.

그 안에서 강서성 태수 황만치가 걸어 나와 고개를 들고 남궁서를 보았다.

"강서성 태수 황만치가 남궁세가의 가주를 뵈오."

남궁서의 표정이 묘하게 일그러졌다.

        *   *   *

도창(都昌).

파양호 북쪽에 위치한 도시로 파양호의 입구에 자리하고 있다. 남창이나 구강만큼은 아니지만, 이곳 또한 물류의 흐름이 많은 곳으로 많은 사람들이 오가는 곳이었다.

이곳은 꽤 오래전부터 귀면성(鬼面城)이라는 흑도문파에서 칠 할 이상의 장악력을 가지고 있었다. 중소문파로 시작하여 지금의 수준까지 성장하는 동안 귀면성의 고수들은 귀신 모양을 한 가면을 쓰는 것으로 유명했는데, 그 귀면(鬼面)은 곧 그들의 상징이었다. 그것은 공포를 낳는 것과 동시에 신용의 보장이 되어 성주가 삼 대나 지난 지금도 귀면성은 여전히 강세를 보이고 있었다. 그것은 수명이 짧은 흑도문파치고는 매우 장수했다고 말할 수 있다.

귀면성은 도창 남쪽 부근에 있는 산 위에 그 성이 축조되어 있었다. 그리고 그 아래로는 남산당(南山塘)이라는 곳이 있었는데, 귀면성에서 가장 뛰어난 무사들이 무공을 연마하며 생활하는 곳이었다.

하지만 지금은 천살가가 차지하고 있었다. 천살가 전원이 대거 도창으로 넘어와 다짜고짜 귀면성으로 들어와서 자리를 내오라고 하니, 당황한 성주는 무사들을 모두 물리고 그곳을 내어주었던 것이다. 그곳은 무사들이 수련하는 곳이라 공기가 좋고, 무기도 많으며, 연무장도 널찍하게 있어, 그곳에 모여 있던 천살성들은 무공을 익히든가 혹은 비무를 하는 등 생각보다 꽤 만족스러운 시간을 보내고 있었다.

하지만 살기를 은은하게 표출하며 불만을 온몸으로 표현하고 있는 인물이 있었으니, 바로 시록쇠였다. 그는 한 나무토막에 걸터앉아 오른쪽 무릎을 안은 채로, 파양호가 있는 남쪽을 시큰둥한 눈빛으로 바라보고 있었다.

그러다가 그의 눈에 악누와 피월려가 보였다.

"이제 오는군."

그는 자리에서 일어나면서 뒤쪽으로 살기를 보냈다. 그러자 살기에 민감한 천살성들이 모두 행동을 멈추고 시록쇠를 보았다.

"책사가 오고 있다."

그 말을 들은 천살성들은 서서히 시록쇠 쪽으로 모이기 시작했다. 그러자 흉흉한 살기들이 모여 하나의 거대한 살기를 이루기 시작했는데, 웬만한 고수라도 그 앞에 선다면 사지가 떨리는 것을 멈출 수 없을 만큼 거대했다.

악누가 도착하자, 피월려를 등에서 내려주었다. 그 살기가 피월려에게 모두 집중되었음에도 그의 마음은 평온함 그 자체였다. 강대하기 짝이 없는 살기 앞에서도 한가로운 산등성에서 바람을 맞으며 산책하거나 오랫동안 써왔던 침실에서 잠을 자기 직전의 편안함을 느끼고 있는 것이다.

그러자 되레 천살성들의 살기가 누그러졌다. 아무런 반응조차 보이지 않으니 감흥을 잃은 것이다. 그들은 전혀 반응이 없는 피월려의 마음을 엿보면서 모두 똑같은 감정을 느꼈다.

그것은 경외감이라고 해야 할지, 이질감이라고 해야 할지, 그도 아니면 두려움이라고 표현해야 할지 알 수 없었다. 하지만 하나 확실한 것이 있다면 모두 한 몸처럼 그것을 느끼고 있었다는 것이다.

하지만 그들 중 유일하게 처음의 기세를 그대로 유지하고 피월려에게 살기를 보내던 시록쇠가 입을 열었다.

"피월려. 노부가 뭘 묻고 싶어 하는지는 알 것이니, 한번 대답해 보거라. 대답이 시원찮으면 가주 대행이고 나발이고 없을 줄 알고."

피월려가 말했다.

"기시혼이 배신자란 것을 먼저 확인했어야 했습니다. 때문에 그 몰래 잠우곡을 통해서 서찰을 드린 것입니다. 첫 번째 서찰에 써놓았듯, 두 번째로 기시혼을 통해 보낸 서찰은 거짓 서찰이었습니다."

시록쇠는 자기 혓바닥을 질겅질겅 씹듯 하며 퉤 하고 침을 뱉었다.

"첫 번째 서찰과 두 번째 서찰의 시간 차가 겨우 한 시진이 채 되지 않았다. 만약 두 번째 서찰이 먼저 왔다면, 무슨 일이 어떻게 터질지 알고?"

"계산한 것입니다."

"……."

시록쇠는 여전히 화를 풀지 않았다.

피월려가 정중하게 말했다.

"가장 크게 노하신 부분에 대해서 설명해 드리겠습니다."

"그래, 우리가 뭐가 아쉬워서 그 남궁 놈들과 일전을 피해 집을 비운단 말이냐?"

이는 피월려의 의견이었으나, 이번 대전의 책사인 만큼 명령 과도 다름없었다. 시록쇠는 듣는 즉시 반발했지만, 가주의 명 령처럼 그것을 지켜야 한다는 악누가 강하게 대립했다.

몇 번의 논쟁 끝에 결국 명분이 있는 악누의 말을 시록쇠 는 받아들일 수밖에 없었다. 만약 악누가 생사를 불문한다는 식의 의지까지 내비치며 강력히 주장하지 않았다면, 시록쇠는 절대로 피월려의 말을 듣지 않았을 것이다.

하지만 인정했다고 해서 기분까지 풀리는 건 아니다.

피월려가 말했다.

"가주께서는 말씀드린 대로 보선에 계시지 않으셨습니다."

"그게 우리가 집을 비운 것과 무슨 상관이야?"

"상관있습니다. 가주께서는 아마 남궁세가가 있는 합비로 향하셨을 겁니다. 아마 그곳으로 홀로 가서서 남아 있는 남궁세가의 혈족들을 모두 도륙하실 겁니다."

"겁니다? 가주가 네게 직접 말을 한 것이 아니냐?"

"기시흔이 배신자라는 것을 어렴풋이 알고 있던 가주께서 지금까지 천살가와 연락을 끊고 독단적으로 행동한다면 무엇을 하고 계실까 고심해 보았습니다. 그에 따라 나온 결론은 바로 남궁세가의 본가에 시산혈해를 일으키는 것이 가장 합리적인 행동이라는 겁니다."

"증거는?"

"만약 가주께서 남궁세가의 인물들, 예컨대 창천호검을 암살하려 했다고 가정할 경우라면 이미 저쪽에서 반응이 있었을 겁니다. 만약 단순히 숨어 있는 것이라면 천살가에 연락을 취하지 않으셨을 리가 없습니다. 최악의 경우라면 그 누구도 모르게 암살을 당하신 것인데, 그렇다 해도 집을 비우는 선택은 옳은 결정입니다. 가주께서 합비로 향하셨다는 가정 아래에선 남궁세가에서 그 소식을 듣고 광분할 때까지 기다리는 것이 상책이기에 역시 집을 비우는 것이 맞습니다."

"그러니까. 증거가 뭐냐고?"

"심증뿐입니다."

시록쇠의 눈이 반쯤 감기면서 날카롭게 떠졌다.

"흐흐흐, 고작 심중 하나 때문에 천살가가 집을 비워?"

아까 전 천살성들의 살기를 모두 합친 것보다 더한 살기가 시록쇠의 몸에서 뿜어졌다. 악누는 슬며시 피월려의 앞으로 가 사이를 막으면서 시록쇠를 보았다.

"하! 시 형! 그 씹어 먹을 기시혼이 배신자란 건 확인된 사실. 그러니 그것만으로도 월려의 생각은 아주 근거 없진 않아. 슬슬 본좌도 자극이 되는데, 살기 좀 줄이겠는가?"

시록쇠는 그의 등에 매달린 거대한 도에 손을 서서히 가져갔다.

"악 형! 동생의 죽음 때문에 눈이 회까닥 뒤집혀서 혼자 시혼이를 족치러 간 건 이해하는데 말이지, 체면이라는 게 있어 체면이라는 게. 집을 비우다니, 천살가가? 그깟 남궁 놈들 때문에? 그게 말이 된다고 생각하는가? 노부는 도통 이해할 수 없는데?"

"본좌도 이해해서 따른 것이 아니다. 하지만 지금은 격동의 시기. 심계에 도가 튼 월려의 말은 가문에 득이 되면 됐지 해가 되진 않아. 적어도 늙은 우리 머리보단 낫지."

악누는 지금까지 티 내지 않은 진심을 입에 담았다. 그는 겉으로 항상 오만하게 굴었어도, 마음속으로는 피월려를 높이 쳐주고 있었던 것이다.

사실 이곳저곳에서 살겁을 일으키면서까지 그에게 온주피

와 효천관을 직접 가져다준 것도 악누였고, 천살가에 들어와서도 그를 항상 옹호했던 사람도 악누다. 그건 악누가 돈사하를 진심으로 섬기기에 그의 명령을 성심성의껏 따르는 것도 있었지만, 엄연히 본인 스스로가 피월려의 심계를 인정한 면이 컸다.

하지만 시록쇠는 피월려의 진가를 알지 못했고 딱히 인정한 적도 없었다.

어디까지나 갑자기 들어와서 가주를 뒷배에 두고 이리저리 명령을 내리는 아니꼬운 놈이었다. 그나마 좋게 봐줄 만한 건 흑설의 남편이라는 점. 사실 그것 하나 때문에 지금까지 참은 것이다.

시록쇠는 상명하복의 율법이 절대적으로 지켜지는 본부 내에서도 그 심장이라고 할 수 있는 장로회의 장로로 있다. 게다가 천살성이 되어 천살가에 입적하기 전부터 이미 태생마교인이었으며, 천살가의 가법보다는 천마신교의 율법을 먼저 배운 자다.

체면이니 뭐니 했지만 사실 그에게 있어 가장 거슬리는 건, 자기보다 약한 자에게 명령을 받는 것 그 자체였다.

시록쇠가 얼굴을 찌푸리며 말했다.

"어찌 되었든, 노부는 기분이 더럽다."

그 이유를 간파한 악누가 촌철살인의 말을 했다.

"뭐가 말인가, 시 형? 약자에게 명령을 받는 것 말인가? 가족의 일이야. 한데도 그러한가?"

"가족이고 뭐고, 노부의 기분이 더럽단 말이다, 악 형."

"하! 시 형. 본좌가 잘못 보고 있는 게 아니면 설마 지금 손을 도에 가져가고 있는 건가?"

시록쇠가 도를 꺼내 들며 말했다.

"악가 놈, 노안은 아직인가? 잘 보이나 보군."

악누의 눈썹이 꿈틀거렸다.

"시가 놈……."

악누는 열 손가락을 입으로 가져가 물었다. 그리고 핏물이 뽑아 손에 둘렀다.

둘은 누가 먼저라고 할 것 없이 서로를 향해 돌격, 일전을 벌였다.

연속으로 쿵쿵거리는 소리가 피월려의 귓가에 들리면서 옆으로 멀어지기 시작했고, 곧 그들은 남상당에서 벗어나 숲속으로 들어가 버렸다.

그렇게 남은 피월려와 천살성들.

피월려가 먼저 말했다.

"큰 적을 앞두고 있소. 형주님들을 말려야 하지 않겠소?"

그가 그렇게 말하자, 전에 그에게 질문을 던졌던 중년의 남자가 대답했다.

"하도 빈번히 시시비비가 붙어, 가주께서 강기와 회복을 하지 않는 내에서 모든 분란을 해결하라고 명을 내리신 적이 있소. 이후로는 저렇게 티격태격하시지만, 실제로 서로를 죽이려고까지 하진 않았소. 금제상 불가능하기도 하고."

"……."

"뭐, 말리려 해도 어찌 말린단 말이요? 피 형도 너무 걱정하지 마시오. 시 형주님도 말은 그렇게 했지만 그만큼 크게 분노하시진 않으셨소. 그저 오랫동안 본부 내에서 교육에 관련된 따분한 일만 하시다가 간만에 몸 좀 풀려고 했는데 그걸 막아서 그런 것일 것이오."

"그렇소? 나는 큰일이라도 나는 줄 알았소."

"그런 일은 없을 거요."

피월려가 살포시 웃으며 물었다.

"성함이 어떻게 되시오?"

그 천살성이 말했다.

"흠진이오. 감찰부 은안대(隱顔隊)에서 단주를 맡고 있소. 천살가에선 형주님들을 제외하고 가장 형이오."

흠진은 튀어나올 것 같은 큰 두 눈과 민눈썹 및 민머리가 돋보이는 사내였다. 무공은 조공(爪功)과 편공(鞭功)을 쓰는지 허리에는 철변(鐵鞭)을 몇 겹으로 두르고, 세 개의 시퍼런 칼날이 선 철조(鐵爪)가 매달려 있었다.

피월려가 말했다.

"흠 형이셨군. 들었던 목소린데, 전에 그 상록거수에서 한번 뵈지 않았소?"

"맞소. 그때 참으로 인상이 깊어 아직까지도 생생히 기억하오."

"……"

"흑설이는 만나보셨소? 듣기로 오랫동안 기다린 것 같았는데."

"이야기는 충분히 나누었… 아, 그러고 보니 흑설이는 어떻게 되었소?"

흑설이 이곳에 있었다면 그 성격상 이미 그에게 말을 걸었을 것이다.

흠진은 멀리서 나무가 무너지는 소리에 고개를 돌리며 말했다.

"주령모귀마공(朱靈眸鬼魔功)은 대성하기 전에 그 동굴에서 나오면 급속도로 공력을 잃어버리오. 대성하기 전까지는 안에 있어야 하기 때문에, 그곳에 남아 있소. 하나 찾기 어려운 곳이니 남궁세가에게 발각되진 않을 것이오."

"주 형은 어찌 되었소?"

"주 형?"

"설이를 돌보던, 은퇴한 암령가 마인이오. 주소군이라

고……."

"아, 그자는 자기 가문으로 돌아갔소."

피월려가 자기도 모르게 되물었다.

"돌아갔다?"

"이번 싸움과 관계가 없는지라 어차피 천살가가 집을 비우니, 자기도 이번 기회에 집으로 돌아가겠다고 했소. 하지만 그 마음을 보니, 핑계일 뿐이었소. 아마 피 형을 보곤 뭔가 느끼는 것이 많았나 보오."

"……."

잠시 고민하는 피월려를 지켜본 흠진이 말을 이었다.

"형주님들이 싸움을 끝마치려면 아마 한나절은 걸릴 텐데, 그동안 가족들이 품은 의문을 해결해 주었으면 하오. 가문의 일원으로 받아들이긴 했으나, 갑작스러운 철가(撤家)로 인해 말이 많소. 정리를 부탁드리겠소."

그의 말대로 그를 바라보던 천살성들은 피월려에게 품은 의문이 많았다. 단순히 계획에 관련된 것을 넘어서 개인적인 호기심도 같이 있었다.

본래 천살성들이 천살가에 입적하게 되는 동기 대부분은 천살가에서 먼저 찾아 제의하는 경우이다. 그것이 아니라면 천살성으로 살며, 세상과 자신과의 차이를 도저히 더 조율하지 못하고 흘러 흘러 천살가까지 흘러들어 오는 경우. 악누

정도 되는 마인이 직접 인도하여, 그것도 혼인을 통해서 천살
가에 들어오는 경우는 천살가 역사를 다 따져도 몇 없었다.

피월려가 말했다.

"무엇이든 물어보시오."

흠진이 조심스럽게 말을 시작했다.

"개인적인 것도 궁금하지만, 우선 앞으로의 계획부터 말씀
해 주시오. 행여나 무례하다곤 생각하지 마시오. 천살가는
교(敎)가 아니라 가(家)이오. 그렇기 때문에, 형주님들도 피 형
의 말을 듣고 따랐던 것이며, 또한 그렇기 때문에 가족 한 사
람, 한 사람도 피 형의 생각을 알 권리가 있소."

"물론이오. 그럼 내가 먼저 앞으로의 계획을 말할 테니, 궁
금한 점이 있으면 누구라도 질문하시오."

"시작하시오."

피월려는 생각을 정리하고 말을 하기 시작했다.

"우선 이곳에서 상황을 판단할 것이오. 만약 가주님께서 합
비로 향하셨다는 내 생각이 맞을 경우, 정보가 새어나갈 것을
염려하여 함부로 물길을 타진 않으셨을 것이오. 그렇다면 성
자에서 합비까진 총 천 리를 걸어야 하오. 천 리는 보통 무림
인의 체력이라면 칠 일 정도 걸리는 거리. 가주께서 조금 빨
리 걸었다는 가정하에 소문이 퍼져 이곳까지 당도하는 시간
을 계산하면, 내일로부터 이틀 내에는 소식이 당도할 것이오.

우선 그 소식을 기다려야 하오."

흠진이 물었다.

"그것과 싸움과 무슨 연관이 있소?"

"남궁세가에서 자신들의 본가가 풍비박산이 났다는 소식을 들으면 분명 분노로 차오를 터. 우리가 어디 있는지 모르니, 아마 화가 도져 어리석은 행동을 할 것이오. 그걸 노리고 싸운다면 천살가의 피해를 최소화할 수 있소."

그가 그렇게 말하자 한 젊은 천살성이 코웃음을 치며 말했다.

"그깟 남궁 놈들이 약점을 보여줄 때까지 기다려야 하는 이유는 없소. 지금이라도 가서 도륙하면 그만 아니오? 나는 시록쇠 형주님의 생각에 매우 공감하는 바이오만."

피월려는 차분히 설명했다.

"이번 싸움에 관건은 그저 그들을 상대로 승리하는 것이 아니오. 바로 압도적으로 승리하여 천살가의 피해를 최소화하는 것이오. 그것도 전무하다시피. 그렇게 해야만 앞으로 강서 무림에서 벌어질 흑백대전의 승기를 취할 수 있소."

"……."

"이번 일이 남궁세가와 천살가 간의 싸움뿐이라면 지당히신 말씀이오. 하시만 지금은 좀 더 멀리 봐야 할 때이오. 천포상단에 의하면 현재 남창에 있는 남궁세가의 세력은 앞으로 하강할 백도의 전체 세력에 비해 일 할 내지 이 할 정도. 즉 다섯 배에서 열 배가 넘는 세력이 강서로 내려오고 있는 마당이니 흑도의 전체 연합을 이끌어야 하는 천살가의 입장에서 절대로 힘을 잃을 순 없소. 단 한 명이라도 죽는 정도의 피해를 입으면 그것만으로 이미 실패이오. 한 명의 천살성도 부상조차 당하지 않았다는 소문. 절대적인 무위를 뽐내며 완벽히 압승했다는 소문. 그것이 이번 싸움의 목적이오."

"……"

질문을 던진 천살성이 말이 없자, 이번에는 다른 천살성이 질문을 했다.

"흑설과는 정확히 무슨 사이이시오?"

갑작스러운 질문에 피월려는 잠시 말문이 막혔다가 이내 대답했다.

"이 년여 전, 혼인을 올린 사이라고 하면 되겠소."

"무슨 사정이기에 흑설이 그런 조혼(早婚)을 했단 말이오?"

"……"

잠시 피월려가 말이 없자, 흠진이 대신 대답했다.

"강제적이지 않았다는 건 흑설의 태도를 보면 알 수 있소. 또한 그가 가족의 일원임은 가주께서 보증한 것이니, 그에 관해선 의문을 접도록 하시오."

이후, 천살성들은 앞으로의 계획보다는 현재까지 일어난 상황에 대한 질문을 쏟아냈다. 그들 대부분은 지금 현 상황이 어떻게 돌아가는지 전혀 알지 못한 채, 악누의 말에 의해서 갑자기 집을 비우게 된 꼴이었기 때문이다.

지금 단계에선 이미 모든 수가 드러난 터라, 보안을 위해서 딱히 숨길 것이 없었던 피월려는 그가 아는 한 모든 것을 말해주었다.

시간이 지나고 서서히 해가 저물기 시작했다.

현 상황에 대한 질문이 동이 나자 서서히 그의 과거에도 초점이 맞춰졌는데, 피월려는 굳이 말하지 않아도 되는 부분까지 자세히 설명했다. 피월려는 금제를 받지 않았기에 얼마든지 가문을 배신할 수 있었고 그 부분을 염려하는 천살성들의 심정을 피월려도 잘 이해하고 있었기 때문이다.

하지만 그들 중 한 명이 물었을 때는, 그도 당황하지 않을 수 없었다.

"그래서 검선은 어떻게 된 것이오? 백도의 말에 의하면 제갈세가와 무당파의 분쟁 속에서 본 교가 비겁하게 습격하여 죽였다 공표했소. 하나, 내가 알기론 당시 본 교에선 제갈세가에 정식으로 인원을 투입하지 않았었소. 있었다면, 오직 마궁. 그리고 마궁은 피 형을 쫓기 위해 움직인 것으로 알고 있소만. 그에 대해서 아는 것이 있으면 알려주시오."

이런 자세한 사항까지 알고 있는 것을 보면, 질문한 천살성의 신분은 대략적으로 유추가 가능했다.

피월려가 물었다.

"흑룡대원이시오?"

그 천살성은 고개를 끄덕이며 말했다.

"마궁과는 개인적으로도 아는 사이이오. 그때 심검마를 잡고 천마에 오르겠다며 자신했었지, 아마?"

"……"

"그때의 일을 듣고 싶소. 마궁은 어찌 죽었고, 검선은 어찌 죽었소?"

피월려는 잠시 회상한 뒤 짤막하게 대답했다.

"나를 죽여 무공의 상승을 노리던 사람은 마궁뿐만이 아니었소. 종남파의 장문인인 종남신검 태을노군도 나를 쫓아 제갈세가까지 왔소. 마궁은 그에게 죽었소."

흑룡대원인 천살성은 그 대답이 마음에 들지 않는지, 다시 말했다.

"좀 더 자세하게 상황을 말해보시오."

"당시에는 능수지통이 검선을 암살하려 한 일로 인해서 무당파와 제갈세가는 감정의 골이 깊을 대로 깊어졌었소. 검선의 명을 받은 무당파의 고수들이 능수지통이 없는 제갈세가를 잿더미로 만들었었소. 제갈세가는 진법을 이용하여 겨우 남은 가솔들을 지키고 있었고."

"피 형이 제갈세가로 가게 된 계기는 무엇이었소?"

"능수지통과의 거래였소."

"능수지통?"

그가 대화하는 동안 지금까지 한 번도 부정적이지 않았던 천살성들의 기류가 작게나마 어둡게 흔들렸다.

흠진이 팔짱을 끼며 물었다.

"그건 놀랄 일이군. 기시혼이 배신자라고 생각한 이유가 바로 능수지통과의 연결선 때문이라 악누 어르신께 설명을 들었소. 한데 피 형 본인 스스로 능수지통과 연결이 돼 있다면 참으로 웃긴 일 아니오?"

피월려는 천천히 자신의 입장을 설명했다.

"당시 나는 소림파의 고수에게 마공을 쓸 수 없는 봉마술에 당했었소. 죽기 직전 자신의 생명을 내걸고 건 봉마술이라 너무도 강력하여 평생을 달고 살 만한 종류의 것이었소. 그걸 능수지통이 찾아와 해결해 주겠다는 조건으로 나보고 제갈세가로 가라 했소."

"능수지통이 피 형을 제갈세가에 보낸 이유는 무엇이오?"

"내 심검을 이용하여 검선을 상대하려 했소."

"……."

"그가 판난했을 때, 검선을 죽일 수 있는 유일한 것이라 보았던 것이오."

성심성의껏 대답하는 피월려의 마음을 살펴본 천살성들은 그의 말이 진실이라 결론지었다.

그러다 보니 그들의 의문은 다른 쪽으로 초점이 맞춰졌다.

"천하의 능수지통이 그렇게 생각했다면 그러한 것이오. 그러니 검선이 죽게 된 것은 피월려의 심검에 의한 것 아니겠소?"

갑자기 바뀐 주제에 피월려가 잠시 말을 더듬었다.

확실히 천살성은 아직도 적응이 잘 되지 않는다.

"나, 나는 기억이 없소. 단지 제갈미……"

순간 말이 나오지 않았다.

흠진이 되물었다.

"제갈미?"

피월려는 침을 삼키고는 다시 말했다.

"제갈미의 죽음까지밖에 기억나지 않소."

그의 말이 끝나자, 천살성들은 서로를 돌아보며 각자 자기가 느낀 것이 맞는지 확인했다.

흑룡대원인 천살성이 대표로 물었다.

"사랑했던 이요?"

피월려가 눈썹을 모았다.

"사랑? 왜 그렇게 생각하시오?"

"언제나 평온하기 그지없어, 막대한 살기와 자신의 죽음 앞에서도 흔들림이 없던 피 형의 마음이 그 이름 하나를 말하는 것만으로도 요동치고 있으니 하는 말이오."

"……"

피월려의 안색이 어두워지자, 천살성들은 더 질문하지 않았다.

천살성들은 각자 천살성으로 깨어나게 된 계기들이 있다. 대부분은 유일하게 사랑하는 이를 잃어버린 것이 계기가 되었다. 그건 그들에게 있어 가장 민감한 부분이며 또한 피월려에게도 민감한 부분일 테니 더 묻지 않은 것이다.

그들은 피월려가 제갈미라는 여인을 사랑하여 움직인 것으로 알아들었다.

흠진이 말했다.

"하나만 확실히 해주시오. 검선은 제갈세가와 함께한 피 형께 죽은 것이고 이후 피 형은 현 교주께 패배하여 신물을 잃은 것이오?"

피월려가 한층 낮아진 목소리로 대답했다.

"검선이 어찌 죽었는지는 모르오. 또한 린 매와는 처음부터 서로 음양합일을 요하는 마공을 익혔었소. 린 매는 마지막에도 음양합일을 통해서 마기와 신물을 가져가게 된 것이오."

시화마제 진설린을 린 매라고 부르는 피월려의 말투에는 묘한 감정이 뒤섞여 있었다. 다만 한 가지 확실한 것은 오랫동안 그가 말해왔던 것처럼 매우 자연스러웠다는 점이다.

흠진이 말했다.

"즉 요지는 교주와 생사혈전을 하진 않았다는 것이로군. 그래서 살아 있는 것이고. 그것이 본 교에 알려질 경우 교주는 정말로 자리가 위태로울 수 있소. 그런 교주가 피 형을 살려 둔 이유는 아시오?"

"그 또한 모르겠소. 죽었다고 생각한 모양이오. 내가 살았다는 걸 안 순간, 전에는 몰랐다는 듯 소환명을 내린 것을 보면."

"……"

"의문은 다 해소되었소? 이젠 다들 나를 가문의 일원으로 인정해 주는 것이오?"

더는 질문이 없었다. 민감한 부분을 건드린 탓에, 분위기가 가라앉았기 때문이다.

흠진이 천살성들을 둘러보다가 말했다.

"뭐, 흑설을 두고 딴 여자와 바람을 폈다는 것만 빼면 꽤 괜찮았소. 전에 그리 시험해 놓고 한 번 더 이런 자리를 만들어서 미안하오. 그만큼 철가하라는 명령이 의외였었소. 나와 술이나 먹읍시다."

그가 말을 끝내자 대부분의 천살성들은 고개를 숙이든가, 포권을 취하는 것으로 인사를 대신하곤 걸음을 옮겨 각자 할 일을 위해 사라졌다. 그렇게 막 해산이 되려는 찰나에 한쪽에서 굉음이 울려 그들의 걸음을 멈추게 만들었다.

쿠구궁!

그 뒤, 사람의 허리만큼 굵은 나무 몇 그루가 하늘 위로 붕 떠올랐다 떨어졌다. 엄청난 내력의 소유자가 벌인 일임이 틀림없었다. 천살성들은 즉시 각자의 무기를 꺼내 들고 그곳을 바라보며 내력을 끌어 올렸다.

곧 자욱한 먼지구름이 풍겨 오르고 소음이 잦아들었다. 다들 긴장을 늦추지 않은 채 그곳을 바라보고 있었는데, 곧 그 먼지구름 속에서 나타난 백의의 노인을 보고 모두 살기를 거뒀다.

피월려와 천살성들은 하나처럼 포권을 취하며 말했다.

"가주님을 뵈옵니다."

순백의 옷과 백발백미를 뽐내며 나타난 돈사하는 느릿한 걸음으로 먼지구름을 뒤로했다. 돈사하의 육체에는 티끌만 한 잡티도 존재하지 않았다. 마치 먼지가 그의 몸에 닿는 즉시 미끄러져 버리는 것 같았다.

대조적으로 그를 따라 나온 악우와 시록쇠는 머리부터 발끝까지 흙먼지로 뒤덮여 있었는데, 헝클어진 머리카락과 찢어진 옷가지 위에 가루처럼 뿌려놓은 것 같았다.

돈사하가 말했다.

"다들 쉬어. 월러는 남아 있고."

돈사하의 말에 천살성들은 포권을 내리곤 하나둘씩 흩어졌다. 그러나 흠진과 흑룡대원 천살성은 그 자리에 서서 움직일 생각을 하지 않았다.

흠진이 악누와 시록쇠를 보며 말했다.

"형주님들을 모시겠습니다. 산 위에 좋은 물가가 있으니, 그곳으로 가서 세욕을 하는 것이 어떻겠습니까?"

악누와 시록쇠는 서로를 한 번 보곤 으르렁거리듯 고개를 돌려 버렸다.

"됐다."

"됐느니라."

돈사하가 슬쩍 고개를 뒤로 돌리며 말했다.

"가서 씻어."

"……."

"……."

악누와 시록쇠는 순간 꿀 먹은 벙어리처럼 말을 하지 않았다. 흠진은 앞장서 걸으며 말했다.

"형주님들께서는 따르십시오."

악누와 시록쇠는 떨떠름한 표정을 지으며 돈사하의 눈치를 살피다가 곧 거칠게 걸음을 옮기기 시작했다. 그들이 멀어진 것을 본 돈사하가 피월려에게 말했다.

"저놈들이 아마 삼십 년인가 사십 년 지기일 거야. 자기들끼리 있을 땐 정말 어린애들이 따로 없지."

"오랜 친우 앞에선 누구라도 그렇지 않습니까?"

"난 안 그래."

"……."

돈사하가 피월려 옆에 선 흑룡대원 천살성을 돌아보며 말했다.

"화립이는 왜 그러고 서 있어? 쉬라니까."

화립이라 불린 사내, 유화립은 돈사하의 신묘한 눈길을 받아내면서도 조금의 물러섬도 없었다.

"가주님께 여쭙고 싶은 것이 있습니다."

"다음에."

"……."

"왜 불만이야?"

"아닙니다. 다만 언제쯤 제 질문을 받아주실지 궁금해서 그렇습니다."

"글쎄. 그건 나도 모르겠어."

"……."

"가서 쉬어."

유화립은 고개를 한 번 숙이고 물러났다.

그가 적당히 떨어진 것을 확인한 피월려가 물었다.

"흑룡대원으로 알고 있습니다만, 무슨 사이십니까?"

돈사하는 손사래를 치며 입술을 내밀었다.

"사제 비슷한 거. 살공(殺功) 몇 개를 좀 알려줬었지."

"아, 살수였습니까?"

돈사하는 순간 이상하다는 듯 피월려를 보다가 곧 설명해 주었다.

"일반적으로 일컫는 살문(殺門)의 살공을 말하는 게 아니라 천살성 특색의 마공인 살공을 말하는 거야. 그러고 보니, 월려는 모르나?"

천살가의 천살성은 타 마인들과는 다른 마공을 익힌다. 그 것을 살공이라 하는데, 공교롭게도 살수들이 사용하는 무공인 살공과 이름이 같아 피월려가 그것을 헷갈려 한 것이다.

피월려가 깨달았다는 듯 말했다.

"아 천살성은 특이한 마공을 익힌다고 들었는데, 그걸 살공이라 하는 것이군요."

"편의상 그렇게 불러. 천살가의 천살성은 천살지체와 역혈지체를 모두 이룬 상태지. 살기와 마기가 함께 나타나다 보니, 마기를 다스리는 마공 의외에도 살기를 다스리는 살공을 익혀야 해."

"천음지체와 용아지체도 마찬가지입니까?"

예상 못 한 질문에 돈사하가 방긋 웃으며 말했다.

"여기서 할 이야기는 아닌 것 같지만, 북해빙궁의 음공도 같은 맥락이지. 음기를 다스려야 하니."

"용아지체는 어떻습니까?"

"그쪽은 조금 달라. 청룡의 기운으로 자연스럽게 만들어진 신체이니. 역혈지체나 천음지체처럼 신의 죽음을 기반으로 해서 인위적으로 만든 것이 아니니까."

"그럼 백호의 기운을 타고나, 짐승의 살성을 타고난 천살지체도 자연스러운 현상으로 이뤄진 것이니, 그 살기를 다스릴 무공이 필요 없지 않습니까?"

"마기에 자극을 받으니까, 덩달아 비이상적으로 변해서 더 심각해지거든. 극한으로 몰아붙여진 인간의 의지는 광기가 되어 몸을 통해서 표출되지. 사방신의 역학 관계를 알고 싶거든, 나중에 악누에게 물어봐."

"……"

"지금은 더 급한 일이 있지. 그것에 대해서나 대화하자고. 그런데 이렇게 계속 서 있을 셈이야? 어디 안으로 들어갈까?"

"저는 상관없습니다."

돈사하는 주변을 둘러보았다. 파양호가 넓게 보이는 경치와 뒷산의 경치가 함께 어우러져 한 폭의 그림과도 같았다.

"네가 그렇다면야."

그는 가까운 쪽에 무릎 높이에서 잘려진 몇 개의 나무줄기를 보곤 그곳에 피월려를 앉혔다. 그리고 그 옆에 앉아 다리를 꼬더니 경치를 감상하며 말했다.

"재밌는 일을 벌였더구나."

피월려는 육신으로 스며드는 한기에 온주피를 잡아가며 말했다.

"제 추측이 맞아서 다행이었지, 하마터면 큰일 날 뻔했습니다. 조금이라도 언질해 주시지 그러셨습니까?"

돈사하는 방긋 웃었다.

"깨달음이 늦어서. 그 짧은 시간에 변장을 잘하는 자를 찾아서 대리역을 시킨 것만으로도 기적적으로 해낸 일이지. 천살가에 비밀스럽게 말을 전할 여유가 없었어. 너라면 괜찮을 것 같기도 했고."

무슨 깨달음일까?

피월려는 알 것 같았다.

"호승심을 어찌 참으셔서 마지막 순간에 계획을 바꾸셨을 수 있었습니까? 그것이 함정이란 것을 알고도 들어가려 하지 않으셨습니까?"

황룡검주가 그리했고, 종남신검이 그리했고 검선이 그리했다. 돈사하의 발목을 잡은 것이 무엇일까, 피월려는 진심으로 궁금했다.

돈사하는 한숨을 푹 하고 내쉬며 하늘을 보았다.

"글쎄. 아마 천후가 내게 창천호검이 입신에 올랐을 수도 있다고 말한 뒤였을 거야."

"그러면 오히려 호승심이 더 불타오르지 않습니까?"

"아니, 쫄았는데?"

순간 피월려는 자기 귀를 의심했다.

"예?"

"쫄았다고. 입신이라 해서."

"……."

"그래서 냉정하게 생각해서 '이건 개죽음이다. 입신일지 모르는 상대 한 명이면 모를까, 그 이상 남궁세가 전체를 상대하는 건 절대 아니다'라고 결론짓고 단독 행동을 한 거야."

말을 마친 돈사하는 피월려를 돌아보았다. 피월려도 돈사하가 그랬다는 것을 어렴풋이 알고 표정을 관리하려 애를 썼지만, 황당함으로 점차 물들어가는 얼굴 근육은 도통 말을 듣지 않았다. 어차피 완벽히 관리했다 해도, 천살성인 돈사하에겐 의미가 없었겠지만, 적어도 그런 예를 차리곤 싶었다.

돈사하가 물었다.

"뜻밖이니?"

피월려가 입을 겨우 벌려 말했다.

"그런 생각을 하셨을 줄은 몰랐습니다. 본래 가주님의 무공 수위에 도달하면……."

돈사하가 피월려의 말을 빼앗았다.

"입신에 들기를 무엇보다도 소망하여 억만금을 추고도… 수만 명을 살해하고도… 가진 생명과 무공을 도박하듯 내놓고도… 이루고 싶어지지. 내 목숨 하나 돌볼 생각은 절대로 하지 않아."

피월려는 돈사하의 마음을 보았다. 그것은 너무나 고요하여 잔잔한 호수를 연상케 했다. 피월려는 다른 천살성들이 자신을 향해 하는 말이 무엇인지 알 것 같았다. 아무것도 느껴지지 않았지만, 동시에 너무나 풍성한 그 느낌에 매료될 것 같았다.

피월려가 물었다.

"어찌 그것이 가능합니까? 입신에 들고 싶은 그 욕구를 품으면 자기 생명을 뒷전으로 둘 수밖에 없습니다."

피월려 본인도 경험한 것이다. 그건 용안심공을 익힌 당시에도 도저히 어찌할 수 없는 종류의 것이었다. 그것은 단순한 욕구처럼 본성만이 그것을 추구하는 것이 아니라 본성, 이성, 감성, 지성 등등 머릿속의 모든 것이 합하여 함께 추구하는 것이었기 때문이다.

돈사하가 턱수염을 몇 번이나 쓸더니 말했다.

"두 가지가 있지. 하나는 내가 살수 출신이라는 점이야. 적의 능력을 냉철히 파악해서 임무의 성공 여부를 미리 짐작하

여 행동하는 그 버릇. 그게 어디 안 갔지. 그리고 또 하나는
내가 천살성이라는 점. 생존에 집착하는 그 천성 또한 어딜
가지 않았어."

"……."

"애초에 천살성이 무에 집착하는 이유가 먼저 생존에 집착
하기 때문이라는 걸 깨닫는 순간, 무엇이 우선순위인진 자연
스럽게 알게 되었지. 네 덕분이야. 내 무위를 완성하는 것이
먼저가 아니라 내가 생존하는 것이 먼저다, 라고 스스로를 타
일렀어. 그러자 이후 판단은 쉽더군."

"아쉽지 않으십니까?"

"그걸 넘어서 허무하기 그지없다. 최근에 잠을 잘 자지 않
았는데, 잘 때마다 창천호검하고 싸우는 꿈을 꿔. 미련을 완
전히 버리지 못한 게지. 그 순간은 내 충동을 이겨냈지만, 앞
으로 얼마나 더 이길 수 있을지는 몰라."

말 한 마디에 쫄아서 뒤꽁무니를 뺀 돈사하.

하지만 피월려는 그가 누구보다도 위대해 보였다.

피월려는 진심을 담아 말했다.

"가주님께서는 정말로 입신에 드실 것 같습니다."

돈사하가 껄껄 웃음을 내비쳤다.

"네가 그리 말하니 정말 기분이 좋아."

한동안 침묵이 흘렀다.

피월려가 조심스레 물었다.

"가셨던 일은 어찌 되었습니까?"

돈사하는 대답 대신 다른 말을 했다.

"듣자하니 생명을 소중하게 여긴다며? 내가 남궁세가의 죄 없는 범인들을 죽였을까 염려되니?"

"……."

"뭐 대상 이외의 살인은 나도 내키진 않지만, 그건 내가 홀로 할 수 있는 일 중 가장 효과적인 것이지. 범중원적인 흑백대전 이 터진 이상 어차피 뒤가 없으니까. 그리고 힘을 보여줌과 동 시에 흑도문파들도 결집해야 하니 뭐, 더 말하면 입만 아파."

하나하나 너무 옳은 소리다 보니, 피월려는 조용히 앉아 있 을 수밖에 없었다. 돈사하는 살짝 움츠러든 피월려의 어깨에 손을 올리면서 말을 이었다.

"하지만 아쉽게도 그런 일은 없었다. 물론 남궁세가의 가솔 들이 거기 있었다면 모조리 도륙했을 거야. 그러나 없는 자들 을 죽일 순 없지."

피월려가 놀라 물었다.

"그들도 피신한 겁니까?"

"흔적도 없이. 추적이라면 나도 일가견이 있거든. 말존대주 였기도 했고. 한데 그런 내가 추적할 수 없을 만큼 깨끗이 사 라져 있었어. 그건 전문적인 누군가가 도움을 주지 않고는 불가능해. 이미 알았던 것이 분명하지."

"저희 쪽에 언질을 따로 할 수 없을 만큼 촉박한 시간 내에 결정하고 바로 합비로 향하지 않으셨습니까? 그랬다면 그 짧은 시간에 누가 눈치를 채서 남궁세가에게 경고하고 또 사람을 보내서 흔적까지 지우게 할 수 있겠습니까?"

"그러니까. 합비로 올라갈 때는 누구보다도 빠르고 은밀하게 움직였어. 하지만 남궁세가는 텅텅 비어 있었지. 그래서 창천호검이 쓰는 내실 상석에 앉아 고민했어. 과연 누가 시간을 맞춰서 남궁세가의 가솔들을 대피시킬 수 있었을까? 꽤 고민했지. 죽은 능수지통이 아니라면 거의 불가능에 가까운 일이니까."

"제갈토의 후예인 제갈극이란 아이가 있습니다. 그가 한 일이라 생각하십니까?"

"아니, 백도 쪽은 아니었어."

"왜 그렇게 생각하십니까?"

"생각하는 게 아니라, 맞아. 그 일을 한 쪽에서 자기가 했다고 이실직고했거든."

"설마……"

"친절하게 배를 타고 강서로 내려오라고 배에 사공까지 붙여줬지."

피월려의 뇌리를 스치는 것이 있었다.

"태수 황만치!"

"정답."

"그래서 제 예상보다 더 일찍 당도하신 것이로군요."

피월려의 입에서 그 이름이 나오자 돈사하가 빙그레 웃었다.

"그자는 내가 아는 것보다 훨씬 인맥이 넓더만. 하기야 천살가에 틀어박혀 공포 위에 군림한 나보다는 실제 영향력이 더 크겠지. 그래서 꽤나 웃긴 꼴로 여기까지 오게 된 것이야, 월려."

피월려는 황만치와의 만남을 생각하며 말했다.

"태수는 분란을 원치 않았습니다. 때문에 천살가와 남궁세가가 돌아올 수 없는 강을 건너는 것을 볼 수 없었을 겁니다."

"그니까."

피월려는 잠시 고민한 뒤 말했다.

"앞으론 어떻게 하실 생각이십니까?"

"그건 책사가 내게 말해줘야 하는 것 아닌가? 월려는 어떻게 봐? 우리가 이제 뭘 해야겠어?"

피월려는 입을 굳게 닫고 침을 한번 삼키고는 말했다.

"태수를 만나야겠습니다."

돈사하는 한 번 더 웃음을 얼굴에 그렸다.

피월려와 시록쇠를 태운 배가 서서히 남창에 이르렀다. 나이가 지긋한 사공까지 해서 언뜻 보면 세 명의 노인이 심심풀이로 낚시라도 하고 돌아오는 길처럼 보였지만, 시록쇠의 등 뒤에 매달린 흉흉한 철도를 보고 나선 생각이 싹 바뀔 것이다.

처음 피월려가 천살가를 대표하여 가겠다고 했을 때는 홀로 가기로 마음을 먹었었다. 하지만 천살가의 무위를 대표할 사람 또한 필요하다고 생각한 돈사하가 피월려와 동행할 사람으로 시록쇠를 뽑았다. 즉시 악누가 반발하며 자원했으나, 단박에 무시하곤, 투덜거리는 시록쇠에게 피월려의 생명을 책임지라고 지시했다.

겉모습이나 말투 같은 외적인 면에선 악누가 훨씬 적임자로 보이나, 실상은 완전히 다르다. 악누는 심계를 전혀 알지 못했고, 충동적인 면이 컸으며, 또한 피월려에 대한 애착이 컸다. 반면에 시록쇠는 장로로 지내며 정치적인 면도 도가 텄고, 위계질서나 이해관계에 따라 머리를 숙일 줄도 알았으며, 지금과 같은 협상에도 경험이 많다. 피월려는 돈사하의 지혜에 다시금 감탄했나.

강가에서 그들을 기다리던 검룡(劍龍) 남궁호와 그의 연인

인 한봉(寒鳳) 옥빙련은 멀리서 다가오는 그들을 보곤 긴장한 얼굴이 다시 한번 굳었다. 조금만 실수하면 누구 하나 죽어도 이상할 것이 없는 상황이기 때문에, 절대로 실수하면 안 된다는 생각이 그들의 머리에 가득했다.

남궁호는 먼저 말을 걸어서 여유를 보여야 한다는 생각을 하긴 했지만, 막상 입 밖으로 말이 나오지 않았다. 아니, 어떻게 말을 시작해야 하는지도 감이 오질 않았다. 완전히 적대 관계에 놓인 사람에게 날씨를 이야기하며 인사할 순 없는 것 아닌가?

그런 그가 고민하는 것을 눈치챈 옥빙련이 먼저 용기를 내어 입술을 뗐다.

"심검마라 들었어요. 전에 우리에게 가르침을 내렸었죠? 기억하세요? 외관이 많이 바뀌셨군요."

피월려는 옥빙련의 차분한 목소리를 들었다. 그는 곧 남궁호에게 고개를 돌리며 말했다.

"솔직히 네겐 과분한 여자야."

남궁호는 피월려의 도발에 마음을 다스렸다. 이미 그에 관해선 아버지에게 따끔한 훈계를 들었기 때문에, 상한 자존심을 밖으로 내비치지 않을 수 있었다.

남궁호가 말했다.

"나도 잘 안다."

"……."

"심검마라 들었다. 그 소문의 마인이 이런 노인이 되었을 줄은 꿈에도 몰랐군. 한때는 나와 비슷한 나이에 그런 수준까지 오른 네가 부러웠다. 하지만 육신이 늙어버린 모습을 보니 역시 마공은 마공! 어르신들의 말씀은 틀린 것이 없군."

지금까지 귀를 후비며 시큰둥한 표정을 짓던 시록쇠가 그들에게 말했다.

"그래서? 대접은 네놈들이 끝이냐? 그럼 어서 길 안내나 해."

그때까지 조용히 시록쇠를 관찰하던 옥빙련이 말했다.

"도첨마무 시록쇠 장로님이시군요."

시록쇠의 눈빛에 이채가 서렸다.

"오? 눈썰미가 좋구나? 나를 아는 아이가 있다니. 밖에서 직접 활동한 지는 꽤 오래됐는데?"

"남궁은 물론 아미에서도 절대 어르신의 이름을 잊진 않을 겁니다."

"옛날 일을 가지고 뭘. 그나저나 남궁구는 잘 살아 있나? 내가 언젠가 백도 놈들 한 덩어리를 모조리 쳐 죽이고, 딱 그놈 하나 살려줬었는데. 남궁 놈인데 특이하게 무공을 안 익혔었지 아마? 오줌 지리는 꼴이 웃겨서 살려줬었어, 내 기억으론."

남궁호가 대답했다.

"그때 일은 아직도 잊지 못하셨다 합니다. 행여나 케케묵은 감정 때문에 이번 협상을 이끌지 못하실 것 같아 얼굴을 비추지 못함을 이해해 달라 말하셨습니다."

"암. 생명의 은인을 잊으면 안 되지."

"……."

"잡설이 길다. 길 안내나 하거라."

"따르시지요."

그렇게 말했지만, 정작 그들은 다른 마차에 탔다.

그들을 태운 두 마차가 선착장에서 태수전으로 가는 덴 한 식경도 채 걸리지 않았다.

태수전에서도 태수가 기거하는 내실까지 안내를 받은 그들은 그곳에 앉아 있던 여러 사람들을 볼 수 있었다.

가장 먼저 눈에 띄는 건 세 명의 미녀 사이에서 거만하게 앉아 있는 패천후.

다음으론, 말끔하게 단장했으나 눈매가 퀭하고 입술이 튼 강서성 태수 황만치.

하지만 가장 시선을 사로잡는 건 온몸으로 비장함을 내뿜고 있는 남궁세가의 가주 창천호검 남궁서였다.

남궁서는 시록쇠에게 초점을 고정한 채 눈을 깜박이지도 않았다. 시록쇠도 은은한 살기를 내비치며 그 눈을 마주 보곤 눈을 깜박이지 않았다.

분위기가 살벌하게 흘러가자, 황만치는 자리에서 벌떡 일어나면서 직접 앞으로 나가 그들의 자리까지 안내했다.

상석에 황만치.

좌측에 피월려와 시록쇠.

우측에 남궁호, 남궁서와 옥빙련.

후석엔 패천후와 세 미녀.

이렇게 열 명의 사람이 만들어내는 묘한 기류가 내실 전체에 흐르고 있었다.

가장 먼저 입을 연 건 황만치였다.

"관에서 무림에 상관할 생각은 추호도 없소. 다만 흑백대전만큼의 큰 싸움이라면 범인들에게도 영향이 미칠 수밖에 없기에 본관이 직접 나서게 되었소. 그 증거로 흑백대전이 시작하기도 전에, 이미 상당수의 범인들이 죽었소. 특히 사공들을 많이 잃은 구강과 성자에선 물자의 이동이 정체되어 강서 전체에 악영향을 끼치고 있소."

패천후가 황만치를 도왔다.

"강서는 풍족한 땅이지만, 장사로 먹고사는 사람들이 많소. 이렇게 물자가 정체되면 가장 먼저 타격을 받는 건 소상인들. 이런 상황이 지속된다면 그들의 사업들은 큰 타격을 받을 것이고 그로 인해서 그들이 고용한 수많은 사람들이 전부 고통

받을 것이오. 천포상단의 대표로서 황 태수님의 말이 정확하다는 걸 뒷받침하고 싶소."

그가 말하는 와중에 그의 주변에 서 있던 세 미녀는 각각 천살가와 남궁세가 그리고 황만치를 보며 슬픈 표정을 짓고 고개를 마구 끄덕였다.

패천후가 말을 마치고 목을 축였는데, 그때까지도 아무런 반응이 없었다. 연배로 봤을 때, 먼저 말을 꺼내야 하는 시록쇠와 남궁서가 서로를 노려보기만 하며 입을 굳게 닫고 있었기 때문이다.

그런 어색한 침묵 속에서 여러 사람들의 눈치가 보인 남궁호가 입을 열었다.

"남궁세가에선 범인들에게 피해를 끼칠 생각이 추호도 없소. 아시다시피, 우린 장강수로채의 도움을 받아 그대로 천살가로 진격하여 이번 흑백대전을 한 번의 싸움으로 끝낼 생각뿐이었소."

피월려가 말했다.

"그런 백도에서 일반 사공들을 도륙하는 짓을 왜 하셨소?"

남궁서는 당황하지 않고 대답했다.

"내가 알기론 잠우곡은 엄연히 무림방파이오. 또한 그들을 도륙한 것은 기시혼이라는 천살가의 인물로 알고 있소만."

"그 배신자를 백도에서 보호하니, 그가 천살가의 인물이라 말하며 책임을 회피하는 건 백도를 대표하는 오대세가 중 일 가인 남궁세가에서 할 말은 아닌 것 같소."

피월려의 지적에 남궁호가 대답을 못 하자 이번에는 옥빙련 이 말을 꺼냈다.

"남궁세가에서 기시혼을 보호하는 것은 배신자이기 때문이 아니라 죄인이기 때문이에요. 이를 천살가에선 오해한 것 같 군요. 그것이 아니라면, 천살가에선 적에게 붙잡힌 가문의 일 원을 배신자라 몰아세우며 버리는 것인가요?"

"그가 직접 그의 입으로 시인한 것이오."

옥빙련이 대답하기 전에 남궁호가 격한 목소리로 말했다.

"그가 그랬다는 증거는 어디 있소!"

다소 어조가 높아진 터라, 내실이 순식간에 침묵으로 휩싸 였다.

당장 칼부림이 나더라도 이상할 것이 없는 그 상황 속에서 태수가 숨을 깊게 내쉬며 말했다.

"전 황도에서 일어난 태화난 사건을 아실 것이오. 그때 쓰 인 천력탄도 아실 터이고. 본관에게 쓸 만한 무인이 없다 생 각하여 경거망동 마시오. 본관이 호위 하나 두지 않고 이 자 리에 앉아 있는 이유가 있으니……."

그의 말투는 너무나 부드러웠다. 하지만 그 말은 남궁서와 시록쇠의 눈동자도 잠시나마 흔들리게 만들었다.

초절정의 무인 둘이 뽑아낸 강기와 강기의 충돌은 폭발을 자아낸다. 사람의 육신을 한낱 고기 덩어리로 만들며 건물의 기둥조차 무너뜨릴 만한 수준의 그 폭발은 냉정하게 봤을 때, 천력탄 하나의 화력에 비교될 만했다.

그러니 천력탄이 당장 여기서 터진다면 시록쇠나 남궁서는 호신강기로 몸을 보호하여 살 수는 있다. 그러나 두 개, 세 개, 네 개… 점점 늘어나면 늘어날수록 살아날 가능성은 희박하다.

황만치가 그 사실을 모르진 않을 터. 그가 준비한 천력탄의 숫자라면 분명 이 자리에서 살아남을 사람은 없을 것이다.

역시 아무도 말을 하지 않자, 황만치가 헛기침을 몇 번 한 뒤에 말을 이었다.

"복잡한 이야기를 하려고 귀공들을 모신 것이 아니오. 또한 시시비비를 가리고자 그런 것도 아니오. 본관이 뭐라고 무림 일에 판관(判官)이 될 수 있겠소? 다만 강서성의 일반 백성들이 다치는 것이 마음에 쓰여 그런 것이오. 따라서 본관이 양측에 제안할 것이 있소."

남궁서가 처음으로 입을 열었다.

"본 가에서도 범인들이 다치는 것을 원치 않소. 태수께서는 말씀하시오."

황만치는 다소 비장한 목소리로 말했다.

"일대일(一對一)도 좋소. 다대다(多對多)도 좋소. 그것까지 본관은 상관하지 않겠소. 그러나 무림인이면 무림인답게 정면 대결로 승부를 보시오. 무림의 권모술수 때문에 일반 백성이 다치는 것은 더 두고 볼 수 없소."

이번엔 시록쇠가 처음으로 입을 열었다.

그의 입에선 진한 살기가 목소리와 함께 흘러나왔다.

"태수가 두고 보지 않으면 어쩔 건데? 천살가에게 칼날이라도 보일 생각인가?"

다행히 시록쇠의 눈길은 여전히 남궁서를 향하고 있었다.

생각보다 견딜 만한 살기에 황만치는 침을 꿀꺽 삼키곤 대답했다.

"단순 무력에 한해서, 본관의 힘은 천살가에 비하면 미약하기 그지없소. 하나, 본관이 할 수 있는 일은 많소. 이번에 본관이 남궁세가의 가솔들과 식솔들을 천살가 가주의 손에서 적절히 피신시킨 것을 시록쇠 장로는 아실 것이오."

"그래서? 결론이 뭐냐? 천살가와 대적하겠다, 그건가?"

"전쟁으로 고통받을 수많은 사람들을 생각한다면, 삼십 년 동안 조용히 살며 힘을 키웠던 본관이 목숨을 걸 만하다고 생각하오."

시록쇠는 고개를 돌려 황만치를 보고 싶었다. 황만치의 얼굴을 똑바로 바라보며 살기를 쏟아붓는 와중에도 과연 황만치가 똑같은 말을 내뱉을 수 있을지 심히 궁금했다. 하지만 그를 지그시 바라보는 남궁서의 시선이 신경 쓰여 남궁서에게서 시선을 돌릴 수 없었다. 잠시라도 시선을 돌렸을 때, 남궁서가 공격한다면 무조건 선수를 내줄 수밖에 없기 때문이다. 한번 그렇게 밀리기 시작하면 남궁호와 옥빙련도 커다란 짐이 되어 패배할 가능성이 높다.

피월려가 말했다.

"공정한 정면 대결을 할 수 있다면야 얼마든지 환영이오. 하지만 그것이 불가능하기에 권모술수가 동원되는 것이오. 당장 여기서 시일과 장소를 정한다 치면, 조금이라도 상황을 유리하게 하기 위해서 갖가지 심계와 암투가 시작될 것이오. 흑도는 흑도이기에 그리고 백도는 흑도를 상대하기에, 서로 체면을 따질 것이 없소."

피월려의 말은 타당한 것이다. 천살가와 남궁세가가 신뢰 관계에 있는 것도 아니고, 하나의 소속으로 묶여 있는 것도 아니다. 그렇기에 정면 승부가 성립되지 않는 것이다.

하지만 황만치는 작은 미소를 지으며 자신 있게 말했다.

"그건 본관이 이끌어내겠소. 서로 어떠한 사전 장치도 하지 못하게끔, 완벽히 차단하겠소."

그러자 패천후가 물었다.

"그것이 어떤 방법이오?"

패천후의 질문에 황만치는 이마에 난 땀을 훔치며 말했다.

그것은 그가 지난 삼 일 동안 잠 한숨 자지 않고 고민해 내놓은 것이었다.

『천마신교 낙양지부』 22권에 계속…

초대형 24시 만화방

신간 100%, 샤워실, 흡연실, 수면실(침대석), 커플석, 세탁기 완비

■ 광명 광명사거리역점 ■

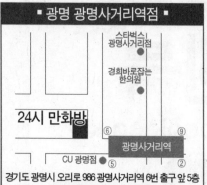

경기도 광명시 오리로 986 광명사거리역 6번 출구 앞 5층
02) 2625-9940 (솔음타워 5층)

■ 강북 노원역점 ■

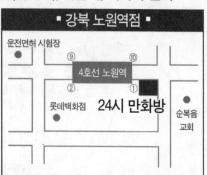

서울 노원구 상계동 340-6 노원역 1번 출구 앞 3층
02) 951-8324 (화용빌딩 3층)

■ 일산 정발산역점 ■

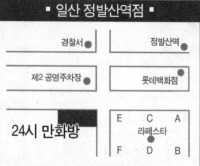

라페스타 E동 건너편 먹자골목 내 객잔건물 5층
031) 914-1957

■ 일산 화정역점 ■

경기도 고양시 덕양구 화정동 984번지 서일빌딩 7층
031) 979-4874 (서일사우나 건물 7층)

■ 부천 역곡역점 ■

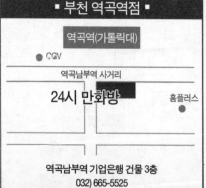

역곡남부역 기업은행 건물 3층
032) 665-5525

■ 부평역점 ■

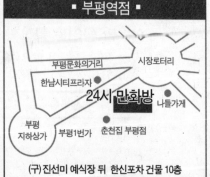

(구) 진선미 예식장 뒤 한신포차 건물 10층
032) 522-2871

한醫 스페셜 리스트

가프 장편소설

FUSION FANTASTIC STORY

돌팔이 소리만 듣던 한의사 윤도.

달라지고 싶은 마음에 찾아간 중국 명의순례에서
버스 추락 사고에 휘말리고 마는데…….

구사일생으로 살아 돌아온 지 30일.
전에 없던 스페셜한 능력들이 생겼다?

초짜 한의사에서 화타, 편작 뺨치는 신의로!
세상의 모든 질병과 인술 구현에 도전한다!

Book Publishing CHUNGEORAM

유행이 아닌 자유추구
WWW. chungeoram.com

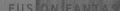

FUSION FANTASTIC STORY

박골 장편소설

내 손끝의 탑스타

그의 손이 닿으면 모두 탑스타가 된다?!

우연히 10년 전으로 회귀한 매니저 김현우.
그리고 그의 눈앞에 나타난 황금빛 스타!

그는 뛰어난 처세술과 냉철한 판단력으로
다사다난한 연예계를 돌파해 나가는데……

돈도, 힘도, 빽도 없지만 우리에겐 능력이 있다!

김현우와 어울림 엔터테인먼트의
통쾌한 성공기가 지금부터 시작된다!

기적의 환생

MIRACLE LIFE

박선우 장편소설

FUSION FANTASTIC STORY

"한 사람의 영웅은 국가를 발전시키기도,
타락시키기도 한다."

믿었던 가족들의 배신으로 모든 것을 잃은 최강철.
삶의 의미를 잃은 그는 결국 죽음을 선택하는데……

삶의 끝자락에서 만난 악마 루시퍼!
그와의 거래로 기억을 가진 채 고등학생 시절로 되돌아간다.

다시 얻은 삶.
나는 이전의 비참했던 삶을 뒤로하고 황제가 되어
세상을 질주할 것이다!

Book Publishing CHUNGEORAM

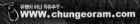

FUSION FANTASTIC STORY

묘재 장편소설

7번째 환생

Book Publishing CHUNGEORAM

유랑이 아닌 자유추구 -
WWW.chungeoram.com